글쓰기의 철학

KB058299

에드거 앨런 포

Edgar Allan Poe 1809.1.19.~1849.10.7

19세기 가장 독창적인 시인, 소설가, 비평가. 추리소설의 창시자이자 공포소설의 완성자, 새로운 시 이론의 개척자로서 후대 문학계에 지대한 영향력을 미친 미국 근대문학의 선구자이다.

1809년 보스턴에서 태어났으며, 두 살 무렵 아버지와 어머니가 모두 세상을 떠나자 버지니아의 부유한 상인 존 앨런에게 입양되었다. 버지니아 대학에 입학해 고대어와 현대어를 공부했지만 도박에 빠져 빚을 지면서 양부와의 관계가 소원해졌다. 1년 만에 학교를 그만두고 가명으로 시집《테멀레인 외 다른 시들》(1827)을 출간했으나 주목받지 못했고, 두 번째 시집《알 아라프, 테멀레인 외 다른 시들》역시 큰 주목을 받지 못했다. 웨스트포인트사관학교에 입학한 후 계속되는 양부와의 불화로 파양당하고, 학교에서도 일부러 퇴학당했다. 그 후 단편 집필을 시작, 1832년 필라델피아신문에 처음으로 다섯 편의 단편이 실리고, 이듬해 단편 〈병 속의 수기〉가볼티모어 주간지 소설 공모전에 입상하면서 두각을 나타내기 시작했다. 양부 존 앨런이 유산을 전혀 남기지 않고 사망하자 경제적 궁핍으로 인해 잡지사 편집자로 취직했고, 이 무렵 사촌여동생인 버지니아 클램과 결혼했다. 음주 문제로 잡지사를 그만두고, 장편《낸터킷의 아서 고든 핌 이야기》(1838)와 단편집《기괴하고 기이한 이야기들》(1839)을 발표했다. 새로운 잡지사에서 일자리를 구했으나 곧 해고당하고 아내 버지니아도 폐결핵에 걸리자 절망으로 폭음에 빠져들었다. 이 시기에 〈모르그 가의 살인〉, 〈검은 고양이〉, 〈황금 벌레〉 등 다수의 유명 단편들을 집중적으로 발표했고, 1845년 시 〈까마귀〉로 화제가 되면서 같은 해 시 창작에 관한 에세이 〈작법의 철학〉을 발표했다. 소설과 시뿐 아니라 비평 활동도 활발히 했으며, 신랄한 비판으로 문단과 마찰이 심했다. 1847년 버지니아가 병으로 세상을 떠나자 정신적으로 더욱 피폐해졌다. 1849년 10월 볼티모어 거리에서 인사불성 상태로 발견되어 병원으로 이송되었으나 의식을 회복하지 못하고 40세의 나이로 사망했다.

20년이 채 안 되는 활동 기간 동안 포가 남긴 문학적 유산은 훗날 아서 코넌 도일, 쥘 베른, 프란츠 카프카, 스티븐 킹, 호르헤 루이스 보르헤스, 에도가와 란포 등 시대와 국적을 초월한 수많은 대가들에게 지대한 영향을 미쳤다. 현대 장르문학의 개척자일 뿐 아니라 지금도 영화, 뮤지컬, 음악 등 대중문화 전반에 끊임없이 영감을 주는 에드거 앨런 포를 기리기 위해 미국에서는 '에드거 상'을 제정해 매년 그의 업적을 기리고 있다.

EDGAR ALLAN POE

글쓰기의 철학

에드거 앨런 포

손나리 옮김

시공사

일러두기

1. 이 책은 에드거 앨런 포의 에세이 중 〈The Philosophy of Composition〉을 포함한 7편의 작법에 관한 에세이를 우리말로 옮긴 것이다.
2. 번역 대본으로는 G. R. 톰슨(G. R. Thompson) 편 《Edgar Allan Poe:Essays and Reviews》(Library of America, 1984), 데이비드 갤러웨이(David Galloway) 편 《The Fall of the House of Usher and Other Writings》(Penguin Classics, 2003), 스튜어트 레빈(Stuart Levine)과 수전 F. 레빈(Susan F. Levine) 편 《Poe's Critical Theory: The Major Documents》(University of Illinois Press, 2010)를 사용했다.
3. 지은이의 주와 옮긴이의 주는 본문 하단에 숫자로 표시했으며, 말머리에 [원주]라고 밝힌 것은 지은이 주이고, 그 밖의 것은 옮긴이 주이다.

차 례

작법의 철학

    지금 내 앞에 놓여 있는 짧은 편지에서 찰스 디킨스는 내가 전에 《바너비 럿지》[1]의 짜임새에 대해 검토한 것을 언급하면서 이렇게 말한다. "그런데 말야, 자네는 고드윈이 《케일럽 윌리엄스》[2]를 뒤쪽부터 썼다는 걸 알고 있나? 고드윈은 먼저 자기 주인공이 고생의 그물망에 걸리는 내용으로 2권을 쓴 뒤 그에 대한 모종의 설명을 하려고 1권을 써서 그 주인공의 성격을 요모조모 살펴본 거라네."

    나는 고드윈의 창작 과정이 정확히—실로 그 자신이 인정하는 바이기도 한데—디킨스가 말한 것과 다르지 않으리라 생각한다.

---

1   포와 동시대에 활동한 영국 소설가 찰스 디킨스의 역사소설.

2   1794년에 발표된 영국의 정치 철학자이자 작가 윌리엄 고드윈의 세 권짜리 소설.

《케일럽 윌리엄스》를 쓴 매우 훌륭한 예술가인 그가 적어도 디킨스가 말한 것과 같은 창작 과정이 주는 이점들을 인식하지 않았을 리 없다. 플롯이라는 이름에 값하는 모든 플롯은 모름지기 작가가 펜을 들어 작업에 들어가기 전에 이미 대단원까지가 정교하게 기획되어 있어야 한다는 것만큼 분명한 것도 없다. 지속적으로 대단원을 염두에 두고 쓸 때에만, 사건들은 물론이고 특히 사건의 모든 지점들에서의 어조가 창작 의도에 맞게 전개될 수 있다. 그리고 그럼으로써 하나의 플롯은 필수불가결한 결말이나 인과관계의 분위기를 지닐 수 있는 것이다.

이야기를 구축하는 보통의 방식에는 근본적인 오류가 있다고 나는 생각한다. 작가들은 역사에서 주제를 얻거나 그날의 한 사건에서 주제를 착안하여 이야기를 시작한다. 아니면 기껏해야 흥미로운 사건들을 결합하여 서사 구조의 기초를 만들어놓고는 드문드문 나타나게 될 사실이나 행위의 간극들을 묘사와 대화 그리고 저자 논평으로 메울 생각을 하는 식이다.

나의 경우는 하나의 효과를 염두에 두고 시작하는 것을 선호한다. 물론 독창성에 항상 유념하면서 말이다. 독창성이야 너무도 명백히 독자의 흥미를 쉬 유발할 수 있는 요소인데 간과한다면 작가가 불성실한 것이기 때문이다. 나는 가장 먼저 이런 질문을 한다. "마음과 지성 혹은 (더 일반적으로는) 영혼이 받아들이는 수많은 효과나 인상 중 지금 무엇을 택할 것인가?" 나는 맨 처음에 효과의 새로움을 고려하고, 그다음에 효과의 생생함을 정한다. 그리고 그 효과가 과연 사건들에 의해서 잘 생겨날지 아니면 어조에 의해서 잘 구축될지를 나중에 고려한다. 즉 평범한 사건들에 특이한 어조가 가해지면 될지 혹은 그 반대로 특이한 사건들을 평범한 어조로 전개할지, 혹은 사건과 어조 둘 다 특이함이 필요할지를 고려하는 것이다. 효과의 구축에서 나를 가장 잘 도와줄 그런 사건과 어조를 결합해내기 위해 내 주변 혹은 내 안을 살펴보면서 말이다.

나는 자기 창작물이 궁극적인 완성 지점에 도달하는 과정을 단계별로 하나씩 세부적으로 설명하는 글을 작가—물론 그렇게 할 수 있는 작가—가 잡지에 발표한다면 얼마나 흥미로울까를 종종 생각해왔다. 왜 그러한 글이 세상에 나온 적이 없는지 그 이유를 내가 설명하기는 상당히 어렵지만, 아마도 그 이유는 다른 어떤 명분보다는 작가의 허영과 관련이 있을 것이다. 대부분의 작가들, 특히 시인들은 자기들이 일종의 섬세한 격정 즉 모종의 황홀한 직관에 의해 창작을 한다고 생각해주기를 바란다. 그래서 보이지 않는 곳에서 이루어지는 창작 과정을 대중이 엿보도록 허용하는 것에 대해서는 몸서리를 친다. 그 정교하고도 오락가락하는 생각의 조야한 상태들, 마지막 순간이 되어서야 포착되는 글의 진정한 목적들, 충분히 무르익어 전체가 보이는 상태에 이르지 못하고 언뜻언뜻 보이기만 하는 헤아릴 수 없는 생각들, 충분히 무르익었다가도 감당할 수 없어 내버려지는 공상들, 그 용의주도한 선택과 포기들, 그 고통스러운 삭제와 삽입들을 독자가 엿보도록 하는 것에 대해서는 말이다. 한마디로 말해, 자기들이 문학이라는 공연의 무대 매니저로서 백 중 아흔아홉의 경우 사용하는 소도구들—바퀴와 기어들, 장면 전환을 위한 도구들, 그 사다리와 악마 출현용 덫 장치, 수탉의 깃털, 붉은 페인트, 검은 헝겊 조각들 등—을 관객이 엿보도록 하는 것에 대해서는 몸서리를 치는 것이다.

다른 한편으로는, 작품이 최종 상태에 이르게 되기까지 거친 여러 단계들을 작가가 스스로 역추적해나갈 수 있는 형편이 되는 일이 결코 흔하지 않다는 걸 나는 알고 있다. 일반적으로 뒤죽박죽의 혼란된 상태로 생겨난 어렴풋한 생각들을 작가는 꼭 마찬가지의 혼란된 방식으로 추구하다가는 잊어버리기 일쑤이기 때문이다.

내 경우는, 창작 과정을 독자가 엿보도록 하는 것에 대해 작가들이 가지는, 앞서 언급한 것과 같은 거부감에 대해 공감하지도 않고, 내 모든 작품들 각각이 거친 점진적인 창작 단계를 떠올리는 게 어렵지도 않다. 또한 내가 절실히 필요하다고 여겨온 그런 창작 과정 분석 혹은 재구성의 흥미로움은 그 분석의 대상이 되는 작품 자체의 흥미로움—실제로건 기대 속에서건—과는 상당히 무관한 것이기 때문에, 내가 나 자신의 작품 중 하나를 골라 그 작품이 구축된 방법적인 절차를 보여준다고 해서 딱히 부적절하고 품위 없는 짓을 하는 걸로 보이지는 않을 것이다. 그럼, 내 작품 중 가장 널리 알려진 게 〈까마귀〉이니 이 작품을 선택하겠다. 나의 계획은 이 시의 창작 과정의 어느 지점도 우연이나 직관에 기인한 것이 아니고, 수학 문제를 푸는 것 같은 정확성과 그것의 엄밀한 결과에 의해 단계별로 하나씩 완성을 향해 나아갔음을 명백히 하는 것이다.

대중적 취향과 비평적 취향에 동시에 맞는 시를 쓰려는 의도가 애초에 왜 생겼는지 혹은 왜 불가피하게 그래야 하는지는 시 자체와는 무관한 것으로 제쳐놓자.

그럼, 대중과 비평가의 취향에 동시에 맞는 시를 쓰려는 의도는 전제하기로 하고 시작해보자.

처음에 고려한 것은 작품의 분량에 대한 것이었다. 어떤 문학작품이건 한 번 앉은자리에서 다 읽을 수 없을 만큼 길면 인상의 통일성이 주는 지극히 중요한 효과를 포기하는 셈이다. 왜 그런가 하면 만약 두 번 앉아 읽어야 다 마칠 수 있는 분량이라면, 그사이에 세상사들이 끼어들어 총체성 따위는 일시에 다 무너지기 때문이다. 다른 사정이 있지 않는 한, 그 어떤 시인도 자기의 창작 기획을 실현시킬 그 무엇도 포기할 여유가 없다. 그런데 과연 그 기획에 도움이 되는 총체성을 분량 때문에 잃고도 그것을 상쇄할 만한 분량상의 이점이란 게 있을지 의문이다. 이에 대해 나는 "없다"라고 주저 없이 말하는 바이다. 우리가 장시라고 부르는 것도 실은 단지 짧은 시들의 연속에 불과하다. 즉, 짧은 시적 효과의 연속인 것이다. 시란 영혼을 고양시키는 종류의 깊은 흥분을 불러일으킬 때에만 시가 된다는 것은 검증할 필요도 없다. 그리고 심리적인 필요로 인해 모든 깊이 있는 흥분은 짧다. 그렇기 때문에《실낙원》[3]의 경우 적어도 그 절반은 본질적으로 산문이다.《실낙원》은 시적 흥분이 연속되긴 하지만 불가피하게 그 흥분에 맞먹을 정도의 침체가 작품 곳곳에 산재해 있고, 전체적으로 보아 이 긴 작품은 효과의 총체성 혹은 통일성이라고 하는 지대하게 중요한 예술적인 요소를 작품 길이의 극단성에 빼앗겨버린 그런 모양새를 하고 있다.

모든 문학작품의 길이에는 하나의 뚜렷한 제한이 있다는 것, 즉 한 번 앉은자리에서 다 읽을 수 있는 길이여야 한다는 것은 분명해 보인다. 그리고 비록 (통일성을 엄격히 요구하지 않는)《로빈슨 크루소》같은 특정한 부류의 산문 창작에서는 이러한 길이 제한을 무시함으로써 오히려 작품에 더 도움이 되는 요소들이 있을지 모르지만, 시에서는 길이의 제한이란 게 다른 중요한 무엇을 위해 포기될 수 있는 성질의 것이 아니다. 이러한 한계 내에서, 한 편의 시

---

3   17세기 영국의 시인이자 사상가인 존 밀턴의 서사시. 1667년 초판은 총 열 권, 1674년 재판은 총 열두 권으로 이루어진 장시이다.

의 길이는 그 시의 탁월함의 정도—즉 시적 흥분과 고양의 정도, 다시 말해 시가 유도해낼 수 있는 진정한 시적 효과의 정도—와 모종의 수학적 비례관계를 갖도록 창작될 수 있다. 왜냐하면 시의 길이가 짧을수록 의도된 시적 효과가 필연적으로 더 강렬해지는 식의 직접적인 비례관계가 있는 것이 분명하기 때문이다. 이것은 물론 단 한 가지 부가 조건, 즉 어떤 종류의 효과이건 그것을 만들어 내려고 하면 적어도 일정 정도의 길이는 절대적으로 필요하다는 조건하에서 말하는 것이다.

비평가의 취향보다 못하지 않으면서 대중의 취향을 넘어서지도 않는 그런 시적 흥분의 정도에 유념하면서, 길이와 관련된 이러한 점들을 고려하였더니 나는 즉시 내가 쓰려고 하는 시에 맞는 길이를 상정하는 데 이르렀다. 그것은 100행가량의 길이이다. 실제로 〈까마귀〉는 108행이다.

그다음에 내가 생각한 것은, 시를 통해 전달하려고 하는 인상 혹은 효과를 선택하는 일과 관련된 것이었다. 이쯤에서 내가 시 창작 과정 내내 이 시가 **보편적으로** 이해 가능한 작품이 되게 하려는 기획을 품었다는 사실을 언급해도 좋을 것 같다. 시적인 것이 무엇인가 하는 논점과 함께 내가 반복적으로 주장해온, 조금도 증명할 필요가 없는 한 가지 논점은 시의 유일하게 합당한 영역은 아름다움이라는 것이다. 이 명제를 지금 입증하려고 한다면 나의 목전의 주제에서 너무 멀리 가야만 할 것이다. 그러나 나의 몇몇 친구들이 내 논점을 잘못 옮기는 경향이 있는지라 내가 의미한 바의 진정한 뜻을 설명하기 위해 몇 마디만 하고자 한다. 내가 믿는 바로는, 가장 깊이 있고 동시에 가장 영혼을 고양시키고 그러면서도 가장 순수한 즐거움은 아름다운 것에 대하여 숙고하는 데서 얻을 수 있다. 사실 사람들이 아름다움에 대하여 말할 때 그들은 정확히는, 흔히들 생각하는 것처럼 하나의 성질에 대하여 말하는 것이 아니라 하나의 효과에 대해서 말하는 것이다. 한마디로 말해, 내가 설명한 것처럼, "아름다운 것"에 대한 숙고의 결과로 얻어지는 심도 있고 순수한 **영혼의 고양**—지성의 고양이나 심장의 흥분이 아니라—에 대해 말하는 것이다. 지금 내가 아름다움을 시의 영역으로 지정하는 이유란 그저, 작품에서 예술적 효과는 직접적인 원인으로부터 샘솟아나도록 만들어져야 한다는 예술의 명백한 규칙, 다시 말하면 목적은 그것을 성취하는 데 가장 잘 맞는 수단을 통하여 성취되어야 한다는 그 이유 때문이다. 지금까지 누구도 내가 언급한 특정한 영혼의 고양이 시의 영역에서 **가장 순조롭게** 이루어진다는 것을 부정할 만큼 인지력이 약하지는 않았을 것이다. 다른 목적들, 즉 지성의 만족에 해당하는 진리라고 하는 목적, 그리고 심장의 흥분에 다름 아닌 열정이라고 하는 목적은 비록 시에서 일정 정도 성취 가능하긴 해도 산문에서 훨씬 더 순조롭게 성취된다. 진리는 사실상 하나의 정확성을 요구하고, 열정은 내가 말한 영혼의 흥분 혹은 영혼의 숭고한 기쁨으로서의 아름다움과는 절대적으로 반대되는 소박함을 요구한다(진실로 열정적인 사람은 내 말을 이해할 것이다). 그렇다고 해서 열정이나 심지어 진리가 한 편의 시에 들어갈 수 없다거나, 그것도 득이 되는 방식으로 들어갈 수 없다는 암시를 하려는 것은 결코 아니다. 왜냐하면 마치 불협화음이 대조의 효과로 음악에 기여하듯이 진리나 열정도 시에서 상세한 의미 전달에 기여하거나 혹은 전반적인 효과에 도움을 줄 수 있기 때문이다. 그러나 그럴 경우에도 진정한 예술가라면 첫째, 진리나 열정을 조율하여 자신의 지배적인 목적에 적절히 종속시키려고 각고의 노력을 할 것이고, 둘째, 진리나 열정을 자기 시의 분위기이자 정수인 '아름다움'의 베일 안으로 넣어 그들을 가능한 한 가릴 것이다.

그러면 이제 아름다움을 내 시 창작의 영역으로 삼았으니, 나의 다음 질문은 아름다움을 최고로 구현하기 위한 어조가 무엇인가 하는 것이다. 모든 경험들이 말해주는 바로는, 그러한 어조는 슬픔의 한 종류이다. 어떤 종류의 아름다움이건 그것이 최상으로 구현되었을 때에는 어김없이 그것을 보는 감수성이 예민한 영혼을 자극하여 눈물을 흘리게 한다. 따라서 구슬픈 우울함이야말로 모든 시적인 어조들 중 가장 합당한 어조일 것이다.

이제 시의 길이, 영역, 어조가 그렇게 정해졌으니, 나는 이 시의 구축에서 으뜸 기조로서 기여할, 즉 시 전체 구조가 의존할 축이 될 수 있을, 모종의 흥미로운 예술적 자극을 획득하겠다는 취지로 평범한 귀납적 과정에 착수했다. 모든 일반적인 예술적 효과들에 대하여—더 적절하게는 연극 용어로 음악적 **지점**들에 대하여—주의 깊게 생각해보니 **후렴구**의 효과만큼 보편적으로 활용된 효과도 없다는 것을 나는 금방 깨달았다. 후렴구가 널리 사용된다는 사실은 그것의 본질적인 가치를 충분히 확신시켜주므로 후렴구의 가치를 분석할 필요는 없었다. 그러나 내가 보다 나은 후렴구를 만들 수 있을지 궁리해본 결과 대부분의 후렴구들이 기본 단계에 머물러 있다는 것을 이내 깨달았다. 흔히 사용되는 **후렴구** 혹은 주제 어구는 서정시에 한정되어 있을 뿐만 아니라 단일음—소리와 사유의 측면에서—의 힘이 낳는 인상에 의존한다. 그 즐거움은 오로지 자기동일성, 즉 자기반복에 대한 감각으로부터 나오는 것이다. 나는 대체로 소리의 단일음에는 의존하면서도 지속적으로 사유의 단일음은 다양화하기로, 말하자면 후렴구의 효과를 다양화함으로써 그 효과를 더욱 고양시키기로 결심했다. 다시 말해 **후렴구** 자체는 대부분의 경우 바뀌지 않고 유지하되 **후렴구**의 적용에 일정한 변주를 줌으로써 지속적으로 새로운 효과를 만들어내기로 결심한 것이다.

이러한 것들이 결정되자, 나는 그다음으로 내 시의 **후렴구**의 성질에 대해 생각했다. 후렴구의 적용에 반복적으로 일정한 변화가 있을 것이기 때문에, 그 후렴구 자체는 짧아야 한다는 것은 분명했다. 긴 문장을 후렴구 삼아 자주 일정한 변화를 적용하려 한다면 극복할 수 없는 어려움에 봉착할 것이기 때문이다. 후렴구에 얼마나 쉽게 변화를 가할 수 있는가 하는 것은 당연히 문장의 짧음에 비례할 터였다. 생각이 여기에 미치자 나는 즉시 최상의 **후렴구**는 단 하나의 단어라는 결론에 이르렀다.

이제 생겨난 질문은 그 한 단어의 성격에 대한 것이었다. 일단 하나의 **후렴구**에 대하여 마음을 정하고 나자, 시를 연으로 나누어 그 **후렴구**를 각 연의 마무리로 삼겠다는 생각이 자연스럽게 이어졌다. 그러한 마무리가 힘을 지니기 위해서는 반드시 후렴구는 소리의 울림이 커야만 하고 그럼으로써 강조가 오래 지속될 수 있어야 함은 두말할 나위가 없었다. 이러한 고려들로 인하여 나는 필연적으로 가장 길게 소리 내기에 좋은 자음인 r 소리와 가장 울림이 큰 장모음 o 소리의 결합을 생각하게 되었다.

후렴구의 소리는 그렇게 결정이 되었고, 이제 필요한 것은 이러한 소리를 구현하면서도 내가 시의 어조로 미리 확정해놓은 구슬픈 우울함과 가능한 한 최고의 조화를 이루는 단어를 찾아내는 일이었다. 그러한 탐색에서 "결코 더는^{nevermore}"이라는 단어를 놓치는 것은 절대적으로 불가능했다. 사실 그것이 바로 가장 먼저 떠오른 말이었다.

그다음으로 절실히 필요해진 것은 "결코 더는"이라는 이 한마디의 지속적인 사용을 위한 구실이었다. 나는 그 말의 지속적인 반복을 위해 충분히 그럴듯한 이유를 만들어내는 것이 어렵다는 것을 이내 알아차렸다. 그런데 살펴보니 그 어려움은 후렴구를 매우 지속적으로 단조롭게 말하는 주체가 인간이어야 한다는 전제에서 생겨난다는 것을 알았다. 즉 그 단조로움의 속성을, 그 후렴구를 반복하게 될 생명체의 논리적 능력과 조화시키려는 데서 어려움이 생겨난다는 것을 인식한 것이다. 그러자 이쯤에서 이성적 사유 능력은 **없되** 말은 할 수 있는 생명체에 대한 생각이 바로 떠올랐다. 매우 자연스럽게 앵무새가 첫 예로 떠올랐지만, 이내 앵무새와 마찬가지로 말을 할 수 있으면서 내가 의도한 어조에 훨씬 더 잘 어울리는 까마귀로 대체되었다.

이제 나는 나의 시가 약 100행 정도 길이에 우울한 어조를 담을 것이며, 각 연의 종결부에서는 불운을 상징하는 새인 까마귀가 "결코 더는"이라는 한 단어를 단조롭게 반복할 것이라는 생각에 이른 것이다. 이제 나는 나의 시가 모든 면에서 지극히 훌륭해야 하고 완벽해야 한다는 목적을 결코 내려놓지 않으면서 나 스스로에게 이렇게 물었다. "인류에 대한 **보편적인** 이해에 근거한다면

모든 우울한 주제 중에서 가장 우울한 주제는 무엇인가?" '죽음'이
야말로 그것에 대한 명백한 대답이었다. 나는 또 "그러면 모든 주제
들 중 가장 우울한 이 주제가 언제 가장 시적이 될 수 있는가?" 물
었다. 이미 일정 정도 설명한 것을 근거로, 여기에서도 나의 대답은
명백했다. "그건 죽음이라는 주제가 '미의 여신'과 가장 밀접하게
동맹을 맺을 때지. 그러면 의심할 여지 없이, 이 세상에서 가장 시
적인 주제는 아름다운 여인의 죽음이야. 그리고 마찬가지로 의심
할 여지가 없는 건 그 주제를 가장 잘 말할 수 있는 입은 사랑하는
이와 사별한 연인의 입이라는 거지."

　이제 나는 죽은 여성, 즉 죽은 애인에 대해 슬퍼하는 한 연인 그
리고 지속적으로 "결코 더는"이라는 말을 반복하는 까마귀라고
하는 두 개의 관념을 결합해야만 했다. 나는 그 반복어에 매번 지
속적으로 변화를 주려고 하는 내 기획을 염두에 두면서 이 둘을 결
합해야만 했다. 그러한 결합으로서 유일하게 이해 가능한 형태는
그 연인의 질문에 대한 대답으로 까마귀가 그 말을 반복한다고 상
상하는 설정이었다. 바로 이쯤에서 나는 내가 매달려온 그런 종류
의 효과―즉 일정한 변화를 적용하는 효과―를 만들어낼 수 있는
기회를 보았다. 연인이 내어놓는 첫 질문, 그에 대해 까마귀가 "결
코 더는"이라는 대답을 해야 하는 질문을 내가 만들 수 있으리라
는 것을 알았다. 첫 질문은 평범한 것으로 만들고, 두 번째 질문은

덜 평범한 것으로, 그리고 세 번째는 한결 덜 평범한 것으로 만드는 식으로 이어가다가 마침내 그 연인이 까마귀가 대답하는 그 단어의 우울한 특징, 잦은 반복, 그리고 그 단어를 말하는 날짐승의 불길한 징조를 떠올리게 되면서 그가 애초의 **무심한** 태도에서 벗어나 화들짝 놀라도록 만들 수 있을 것이었다. 그 연인은 결국 흥분하여 미신적인 마음의 상태로 빠지고, 이제 매우 성격이 다른 특징을 지닌 질문들, 즉 그가 열정적으로 그 답을 마음에 두고 있는 질문들을 마구 내어놓게 되는 것이다. 그가 그렇게 질문을 하는 것은 그 새의 예언적이거나 악마적인 성격을 전적으로 믿기 때문은 아니다. 그는 이 새가 단지 되풀이된 일상에서 학습한 것을 반복하고 있음을 이성적으로는 확신한다. 그가 그렇게 질문을 하는 이유는 오히려, 가장 견딜 수 없기에 가장 달콤하게 느껴지는 슬픔을 그 예상된 "결코 더는"이라는 대답으로부터 얻을 수 있도록 그에 맞는 질문들을 만드는 일에 광적으로 탐닉하기 때문이다. 그렇게 나에게 주어진 기회—혹은 더 엄격히 말하자면 창작이 진전되면서 나에게 그렇게 강제된 기회—를 인식하면서 나는 처음으로 그 절정 혹은 결말의 질문—"결코 더는"이 맨 마지막 대답이 되게 하는 질문—을 마음속으로 확정했다. 그 질문에 대한 대답인 "결코 더는"이라는 말이, 상상할 수 있는 가장 지독한 슬픔과 절망을 의미하게 되는 그런 질문을 정한 것이다. 그렇다면 여기서, 나의 시가 작품의 맨 마지막 지점에서 그 시작을 얻었다고 해도, 모든 예술 작품이 그래야 하는 방식으로 시작되었다고 해도 될 것이다. 왜냐하면 나는 바로 이 지점 즉 내가 미리 품은 생각들이 나온 이 지점에서 처음으로 종이 위에 펜을 들어 다음과 같은 연을 지었기 때문이다.

"예언자여!" 나는 말했네 "악의 존재여! 새든 악마든 예언자여!
  우리를 굽어보는 저 천국의 이름으로, 우리 둘 다 경배하는 저 신의 이름으로 청하니,
  슬픔 가득한 이 영혼에게 말해다오, 그 머나먼 에덴에서
  천사들이 르노어라고 부르는 성스러운 여인을 내 영혼이 부둥켜안을 수 있을는지,
  천사들이 르노어라고 부르는 둘도 없이 귀하고 빛나는 그녀를 부둥켜안을 수 있을는지."
  까마귀는 말했네 "결코 더는."

나는 이 연을 다음과 같은 의도로 지었다. 첫째, 이러한 마지막 절정을 미리 확립함으로써 더 이전에 나올 연인의 질문들을 그 심각함이나 중요성의 정도에 따라 더 잘 점진적으로 변화시킬 수 있으리라고 예상했다. 둘째, 내가 이 연의 리듬, 운율, 길이, 배열을 명

확히 잡아놓음으로써 이 연보다 더 앞에 배치할 연들 중 그 어떤 연도 리드미컬한 효과 면에서 이 연을 능가하지 못하도록 점진적 변화를 줄 수 있으리라 생각했다. 설사 나중에 이 연보다 더 강한 활력을 지닌 연을 이 시에서 창조했다 해도, 나는 이 클라이맥스의 효과를 방해하지 않도록, 주저 없이 그 연들을 의도적으로 약화시켰을 것이다.

여기서 운문화 작업에 대하여 몇 마디를 좀 해도 될 것이다. 늘 그러하듯이 나의 첫 목적은 독창성이었다. 운문의 구조에서 얼마나 독창성이 흔히 간과되어왔는지는 가히 세상에서 가장 설명할 수 없는 것 중 하나라 할 지경이다. 리듬만으로는 다양성의 가능성이 거의 없다는 건 인정한다손 치더라도 운율과 연의 다양성은 절대적으로 무한하다는 사실은 여전히 분명하다. 그런데 그럼에도 불구하고 수세기 동안 운문에서 그 누구도 독창적인 것을 행하거나 혹은 행할 생각이라도 한 것처럼 보이지 않는다. 사실 독창성은 결코 (매우 드문 힘을 지닌 뛰어난 정신들 안에 있는 독창성을 말하는 것이 아니라면) 일부 사람들이 생각하는 것처럼 그렇게 충동이나 직관의 문제가 아니다. 일반적으로 말해서 독창성은 정교하게 추구하여 발견해내는 것이고 최고로 높은 급의 긍정적 탁월함인 건 맞지만 그 성취를 위해서는 발명보다는 부정이 요구된다.[6]

물론 나는 〈까마귀〉의 리듬이나 보격 그 어느 경우에 대해서도 독창성을 사칭하지 않는다. 이 시의 리듬은 강약이고, 보격은 8보격의 완전 운각이며, 다섯 번째 행의 **후렴구**에서는 반복적으로 7보격의 불완전 운각으로 바뀐다. 덜 현학적으로 말하자면, 시에 전체적으로 사용된 음보(강약격)는 긴 음절에 짧은 음절이 뒤따르는 식이다. 그리고 각 연의 첫 행은 이러한 강약 운각 8개로 구성되며, 두 번째 행은 7개 반(실제 효과로는 3분의 2), 세 번째 행은 8개, 네 번째 행은 7개 반, 다섯 번째 행은 네 번째 행과 같고, 여섯 번째 행은 3개 반의 운각으로 구성된다. 이들 행 각각을 개별적으로 고려하면, 모두 예전에 이미 사용되어온 형태들이지만, 〈까마귀〉가 갖고 있는 독창성은 그러한 각각을 **조합해서 연을 만든 것**에서 찾을 수 있다. 이러한 조합의 독창적인 효과는, 운율과 두운의 원리를 확장하여 적용한 데서 오는 흔치 않은 다른 효과들과 몇몇 완전히 새로운 효과들에 의해 더 부각된다.

다음으로 고려할 점은 어떤 형태로 연인과 까마귀를 한자리에 놓을 것인가였다. 이러한 고려의 첫 갈래는 **장소**였다. 장소로 가장 자연스럽게 떠오르는 것이 숲이나 들판일지 모르지만, 나는 고립된 사건이 주는 효과를 위해서는 늘 어떤 좁고 **한정된 공간**이 절대

---

4   독창성이란 것이 완전히 새로운 것을 만들어내는 것이라기보다, 이미 오래도록 사용된 상투적인 것들을 의도적으로 배제하거나 혹은 기존에 사용된 것들을 변형하여 새로운 것을 창조하는 방식임을 말한다.

적으로 필요한 것 같았다. 그런 한정된 공간의 윤곽은 그림의 액자 같은 힘을 지닐 것이기 때문이다. 그런 공간은 관심을 집중시키는 분명한 힘을 지니는데, 물론 이러한 공간 설정을 장소의 통일성에 불과한 것으로 혼동해서는 안 될 것이다.

그리하여 나는 연인을 그의 방에 두기로 결정했다. 그 방에 종종 들어왔던 그녀에 대한 기억 때문에 그에게는 성스러운 장소가 되어버린 어느 방에 두기로 한 것이다. 그 방은 가구가 호화롭게 배치된 것으로 재현될 터인데, 이는 아름다움이라고 하는 유일하게 참된 시적 주제에 대해 내가 이미 설명한 생각을 그저 좇아가기 위함이다.

장소가 그렇게 결정이 되었으니, 이제 나는 새를 들여와야 했는데, 당연히 새가 창문으로 들어오도록 하는 설정이어야 했다. 우선 새의 날개가 덧문에 닿아 퍼덕대면 연인이 그것을 누군가가 문을 "똑똑" 두드리는 소리로 생각하도록 만들 것이었다. 이러한 설정은 독자의 호기심을 끌고 가면서 증폭시키려는 소망에서 비롯되었다. 또한 연인이 문을 열어젖힘으로써 생겨나는 부수적인 효과, 즉 밖이 모두 깜깜한 것을 알고는 그때부터 자기 애인의 영혼이 문을 두드렸을 거라는, 절반은 공상에 가까운 생각을 하는 걸로 이어지는 효과를 기대한 설정이기도 했다.

나는 그 밤을 폭풍우 치는 밤으로 만들었는데 그 첫 번째 이유는 까마귀가 방으로 들어오려고 하는 것을 설명하기 위해서이고, 두 번째 이유는 그 폭풍우가 방 안의 (물리적인) 고요함과 대조되는 효과를 내기 때문이었다.

그리고 새가 팔라스 흉상 위에 내려앉도록 정하였는데 이 또한 대리석과 깃털 사이의 대조 효과를 위해서였다. 물론 이 흉상이 떠오른 것은 전적으로 그 새로 인한 것임은 말할 나위도 없다. 굳이 **팔라스**의 흉상으로 선택한 이유는 첫째로는 연인이 학자라는 설정과 가장 잘 어울리기 때문이고 둘째로는 팔라스라는 말 자체가 울림이 크기 때문이었다.

시의 중간 정도에서도 나는 궁극적인 인상을 심화하려는 의도로 대조의 힘을 활용했다. 예를 들면 까마귀가 등장할 때, 최대한 거의 우스꽝스러울 정도의 환상적인 분위기를 그 장면에 부여했다. 까마귀는 "푸드덕 퍼드덕 날갯짓하며" 들어온다.

> 최소한의 예의 차린 인사도, 잠깐 멈추어 서는 기색도 없이,
>
> 그러나 귀족의 기품으로 그는 내 방문 위에 자리를 잡았고

이러한 의도는 이어지는 두 연에서 더 분명하게 수행된다.

> 이 흑단빛 새의 진지하고 단호한 품위에 홀려

나는 내 슬픈 공상을 잊고 미소 짓고 말았지.

"그대 볏은 다 깎였지만, 분명 볼품없는 자는 아니로다.

밤의 왕국 바닷가에서 날아와 떠도는 섬뜩하게 음울하고 연로
한 까마귀여,

말해다오, 플루톤의 밤의 왕국 바닷가에서 그대의 고귀한 이름
은 무엇인가!"

까마귀가 말했네 "결코 더는."

나는 너무 감탄했네, 이 투박한 날짐승이 그토록 또박 대답을
하다니.

비록 대답은 말이 되지 않고 내 질문과 상관이 없었어도

그 어떤 살아 있는 인간이 자기 방문 위에 앉은,

자기 방문 위 조각 흉상 위에 앉은, 제 이름을 말하는

새인지 짐승인지를 보는 행운을 누렸으랴.

그 이름은 "결코 더는."

이미 대단원의 효과가 주어져 있기 때문에 이제 나는 즉시 환상
적인 분위기를 멈추고 가장 의미심장한 진지한 어조를 만들어낸
다. 그 어조는 위에 인용된 부분 바로 뒤의 연에서 다음과 같은 행
으로 시작한다.

그러나 까마귀는 조용한 흉상 위에 외로이 앉아 단지 그 말만,

이때부터 연인은 더 이상 장난삼아 말하지 않는다. 그는 까마귀의 행동에서 더 이상 그 어떤 환상적인 것도 보지 못한다. 그는 까마귀를 민담에 나오는 "우울하고 투박하고 섬뜩하고 수척하고 불길한 새"라고 말하고 새의 "이글거리는 눈"이 자신의 "가슴 한복판"에서 타오르고 있다고 느낀다. 연인의 생각 혹은 공상의 이러한 전면적인 전환은 독자에게서 유사한 전환이 일어나도록 유도하여 독자의 마음이 대단원—이제 가능한 한 빠르게 그리고 **직접적으로** 뒤따를—을 맞이할 적절한 상태가 되도록 만들기 위한 것이다.

엄격한 의미에서 그 대단원은 자기 애인을 저세상에서 만나게 될 것인가를 묻는 연인의 마지막 질문에 까마귀가 "결코 더는"이라고 내뱉는 바로 그 대답이며, 이 대답과 함께 이 시는 하나의 내러티브로서 명백한 국면을 맞아 완성에 이른다고 말할 수 있다. 지금까지 내가 말한 것에서는 모든 사건이 설명이 가능한, 말하자면 현실의 범위 안에 있다. 즉 한 마리의 까마귀가 "결코 더는"이라는 단순한 말을 습관적 반복에 의해 습득한 후, 주인의 통제로부터 탈출하여 폭풍의 광포한 힘에 실려 한밤중에 떠밀려 왔고, 불빛이 여전히 얼른거리는 창문에 이르러 그 안으로 들어가려고 애쓰는데, 이때 그 창문은 반쯤은 책 읽기에 골몰하고 반쯤은 사별한 사

랑하는 여인에 대한 꿈을 꾸던 한 학자의 방 창문인 것이다. 새는 날개를 퍼덕이다가 학자가 창문을 열어젖히자마자 학자의 손이 바로 닿지는 않는 곳 중 가장 편리한 곳에 내려앉고, 학자는 이 사건과 이 방문자의 독특한 태도를 재미있어하면서 그 새에게 농담 삼아 대답을 기대하지도 않으면서 이름을 묻는 것이다. 질문을 받은 까마귀는 습관적인 말 "결코 더는"으로 응수하고, 이 말은 학자의 우울한 마음에 즉각적인 반향을 불러일으켜 그는 이 사건에 의해 떠오른 특정 생각들을 소리 내어 말하기 시작한다. 이에 이 날짐승이 "결코 더는"을 반복하자 그는 다시 한 번 놀란다. 학자는 이제 그 상황의 내막을 추측하지만, 내가 앞에서 설명한 것처럼, 그는 스스로를 고통스럽게 하는 인간적인 갈망과 부분적으로는 미신적 충동에 내몰려, 예상된 "결코 더는"이라는 대답으로 인해 연인으로서의 자신에게 가장 호화로운 슬픔을 가져다줄 그런 질문들을 내어놓는다. 이러한 자기 고문에 가까운 탐닉이 극한에 이르러 이 이야기는 그 창작의 첫 국면, 혹은 명백한 국면이라고 내가 명명한 그 지점에서 자연스러운 종결을 맞는다. 따라서 지금까지 내가 설명한 것 중 어떤 것도 현실의 범주를 벗어난 것이 없다.

그러나 아무리 기술적으로 능숙하게 혹은 아무리 생생하게 사건들을 배열한다 해도, 이런 식으로 다루어진 주제들 안에는 항상 예술적인 눈에는 거슬리는 어느 정도의 딱딱함이나 적나라함이 있다. 그래서 다음과 같은 두 가지가 어김없이 요구된다. 첫째, 일정 정도의 복잡성 혹은 더 적절히는 각색이 필요하다. 둘째, 일정 정도의 암시성―불확정적일지라도 암암리에 흐르는 의미의 저류底流―이 요구된다. 특히 우리가 종종 초현실적인 것과 혼동하기를 좋아하는 (흔히 쓰이는 힘 있는 말을 빌려 쓰자면) **풍요로움**을 예술 작품에 한껏 부여하는 것은 두 번째 요소이다. 다만 이른바 초월주의자들이 쓴 소위 시라고 하는 것들이 산문으로 (그것도 매우 깊이 없는 단순한 형태의 산문으로) 변해버리는 것은 바로 이러한 암시성이 과잉되어 주제의 저류가 아닌 본격 흐름을 만들어버릴 때 생겨나는 사태이다.

이러한 관점에서 나는 두 개의 마무리 연을 보태었는데, 이 두 연의 암시적 의미가 지금까지의 이야기 전체로 배어들도록 의도한 것이다. 다음 행들은 그런 식으로 의미의 저류가 분명해지는 첫 대목이다.

> "그대의 부리를 내 심장에서 빼내라, 그대의 모습일랑 문밖으로 데리고 사라져라!"
> 까마귀는 말했네 "결코 더는."

"내 심장에서 빼내라"라는 이 말이 이 시에서 은유적 표현으로는 처음 등장하는 말임을 알아차릴 수 있을 것이다. "결코 더는"이라는 대답과 더불어 이 말은, 이전에 화자가 이야기한 모든 내용 안에서 독자가 하나의 교훈을 찾도록 방향을 이끌어준다. 즉 이제 독자는 까마귀를 하나의 상징으로 간주하기 시작하는 것이다. 그러나 이 까마귀가 결코 끝나지 않는 구슬픈 애도의 상징으로 설정되었다는 의도가 분명해지는 것은 맨 마지막 연의 맨 마지막 행에서이다.

까마귀는 결코 날갯짓도 않고 여전히, 여전히 앉아 있네
내 방문 바로 위 그 창백한 팔라스 흉상 위에.
그의 눈에는 꿈꾸고 있는 악마의 모든 분위기가 깃들었고
그를 비추는 램프 불빛은 그의 그림자를 바닥 위로 드리우네.
그리고 나의 영혼은 바닥 위로 떠도는 저 그림자로부터
벗어나지 못하리라, 결코 더는!

상상력에 대하여

    순수한 상상력은 아름다움으로부터건 추함으로부터건, 가장 결합이 용이하면서도 지금까지 결합된 적이 없는 것들을 선택한다. 그 결합체의 아름다움과 숭고함은, 결합된 요소들 각각이 결합 이전 상태에서 개별적으로 지녔던 아름다움과 숭고함에 대체로 비례한다. 그러나 물질의 화학 작용에서 흔히 그런 것처럼, 이 지성의 화학 작용에서도 드물지 않게 발생하는 일은 두 요소의 혼합이 어느 한 요소의 성질을 전혀 갖고 있지 않거나 심지어 두 요소 중 그 어느 것의 성질도 갖고 있지 않은 새로운 무엇을 만들어낸다는 사실이다. 그래서 상상력의 영역은 무한대이고 상상력의 재료는 우주 전체로 확장된다. 심지어 추함으로부터도 상상력은 자신의 유일한 목적이자 필수불가결한 시금석인 아름다움을 만들어낸다. 그러나 일반적으로 우리가 상상력을 평가할 때 고려되어야 할 특정한 측면들은 다음과 같은 것들이다. 결합된 요소들의 풍요로움과 힘, 결합이 가능하면서 결합할 만한 가치가 있는 새로운 무엇들을 발견해내는 능력, 그리고 특히 완성된 덩이의 완전한 '화학적 결합'의 여부이다. 상상력이 풍부한 작품을 생각 없는 사람들이 매우 자주 과소평가하게 되는 것도 그러한 작품에 깃든 이러한 온전한 조화로움 때문인데, 즉 거기에 너무도 당연해 보이는 특성이 부가되기 때문이다. 그래서 우리는 왜 이러한 결합이 이전에 상상된 적이 없는지 스스로 묻고 있는 자신을 발견하기 쉽다.

B씨에게 보내는 편지[5]

그 자신이 시인이 아닌 비평가가 시에 대한 좋은 비평은 쓸 수 있다고들 말합니다. 나는 이러한 관점이 시에 대한 당신의 그리고 나의 생각에 비추어 틀렸다고 느낍니다. 비평가가 덜 시적일수록 그 비평도 딱 그만큼 덜 시적이기 때문입니다. 그래서이기도 하고, 또 B 당신과 같은 이는 세상에 잘 없기도 해서, 나는 세상이 나를 좋게 평가한다 해도 내가 당신의 견해를 자랑스러워하는 만큼이

---

5   이 에세이는 1831년 포가 자기 시집의 서문으로 발표한 것으로 포의 주요 비평 개념들이 등장한 첫 에세이로 간주된다. 포는 이 에세이를 약간 수정하여 1836년에 잡지에 별도로 실었고 본 번역은 1836년의 수정본을 사용했다. B라고 하는 사람에게 보내는 편지 형식의 이 글은 별도의 주제를 다룬 여러 대목들을 자유롭게 이어 묶은 형태로 되어 있고, 형식만큼이나 어조 또한 자유롭고 때로는 장난스럽기도 하다. B가 누구인지 왜 편지글 형식으로 발표했는지는 분명하지 않다. B로 추정되는 당대의 인물들에 대한 몇몇 가설이 있을 뿐이다.

나 오히려 세상의 견해를 부끄러워할 겁니다. 당신 말고 다른 사람은 이쯤에서 이렇게 말할지도 모릅니다. "셰익스피어는 세상의 좋은 평가를 받았지만 여전히 최고의 시인이지 않습니까? 그렇다면 세상이 공정하게 판단하는 것 같은데 왜 당신은 세상의 좋은 평가를 부끄러워해야 한다는 거죠?" 문제는 '판단'이나 '평가'라는 말에 대한 해석에 있습니다. 제가 말한 세상의 견해란 정말로 세상 사람들이 소유한 견해라고 하는 게 맞습니다만, 그건 마치 누군가가 책한 권을 사서 그 책을 자기 책이라고 부르는 정도의 소유를 말합니다. 그가 그 책을 저술하지 않았지만 그 책을 자기 책이라고 부르는 것과 꼭 마찬가지로 세상 사람들은 그들 스스로 특정 의견을 처음 생겨나게 하지는 않았어도 그 견해는 그들의 것입니다. 예를 들어, 어느 바보가 셰익스피어를 위대한 시인이라고 생각한다고 합시다. 그러나 그는 셰익스피어를 읽은 적이 없습니다. 그러나 그 바보의 이웃 사람은 정신의 안데스 산맥에서 그 바보보다 한 단계 높은 곳에 있지요. 그 이웃 사람의 머리는 (즉 그의 한 단계 더 수준 높은 생각은) 바보로서는 볼 수도 이해할 수도 없는 너무나 높은 곳에 있는지라 바보로서는 그의 발만 (즉 내가 의미하는 바로는 그의 매일매일의 행위만) 가까이서 충분히 볼 따름이지요. 이러한 사실로 인해 이웃 사람의 우월성, 즉 그 발이 목격되지 않았다면 결코 발견될 수 없었을 그런 우월성이 확인되는 것이지요. 이 이웃 사람이 셰익스피어가 위대한 시인이라고 주장하면, 바보는 그의 말을 믿습니다. 그리고 그럼으로써 그 주장이 그 바보의 의견이 되는 것이지요. 이 이웃 사람의 의견도 그와 마찬가지의 방식으로 그 자신보다 한 수준 더 위의 사람으로부터 온 것이고, 그런 식으로 점점 올라가면 결국 소수의 특별한 재능을 부여받은 개인들, 즉 산꼭대기에 우뚝 선 거장의 정신을 맞대면으로 바라보며 산의 최정상 주변에 무릎을 꿇은 소수의 몇 명에 이르게 되는 것이지요.

*　　*　　*

당신은 미국 작가들의 길에 놓여 있는 거대한 장벽을 알고 있을 겁니다. 미국 작가들의 작품들이 만약 읽히기라도 한다면, 그건 세상이 이미 결합하고 확립해놓은 작품들과 경쟁하여 그것보다 선호되어야만 읽히는 것입니다. 나는 "확립된"이라고 말했는데 문학의 영역도 법이나 제국이 확립되는 것과 유사해서, 문학에서 하나의 확립된 이름이란 곧 그 영역이 소유한 영토나 왕관을 의미하기 때문입니다. 뿐만 아니라, 사람들은 작가들이 여행을 통해 더 좋은 작가가 되듯이 책 자체도 여행을 함으로써 더 좋은 책이 된다고 전제하는 것 같습니다. 책들이 바다를 건너왔다는 사실이 우리에게는 너무도 대단한 명예의 표상이 되고 있습니다. 우리의 고서 수집가들은 책이 얼마나 오래되었나를 살펴보기를 포기하고 오히려 책이 얼마나 멀리서 왔나부터 봅니다. 외양을 중시하는 우리의 멋쟁

이들도 책의 제본 상태에서부터 표제 페이지의 맨 밑까지 훑어봅니다. 표제 페이지 맨 밑에 있는 런던이니 파리니 제노바니 하는 신비로운 글자들이 정확하게 그 책을 보증하는 수많은 추천장이 되기 때문이지요.

*   *   *

지금 막 비평과 관련하여 통속적인 오류들은 언급했습니다. 나는 시인이 자기 자신이 쓴 작품에 대하여 정확한 평가를 할 수 없다는 개념은 또 다른 문제라고 생각합니다. 앞서 언급했듯, 시에 대한 비평의 정당성은 비평자의 시적인 재능에 비례합니다. 그러므로 형편없는 시인은 잘못된 비평을 할 것이며 틀림없이 자기애로 인해 자기 작품에 대해서도 옹호하는 쪽으로 그 좁은 판단력을 사용하리라고 나는 전제합니다. 그러나 시인이라면, 즉 진정한 시인이라면 제 생각에는 정당한 비평을 하지 않을 리가 없습니다. 자기애가 어떤 결론으로 이끈다 해도 그는 자기 시의 주제에 대한 깊은 이해에 근거하여 다른 결론으로 대체할 것입니다. 요컨대 우리에게 잘못된 비평의 예가 정당한 비평의 예보다—즉 자기 자신의 글에 대한 평가를 그 잣대로 삼았을 때의 정당한 비평의 예보다—더 많은 것은 단지 훌륭한 시인보다 형편없는 시인이 더 많기 때문입니다. 물론 그렇게 말하기엔 그와 반대되는 좋은 시인들이 많이 있습니다. 밀턴이 그러한 좋은 예입니다. 그러나《복낙원》에 대한 그의 의견은 결코 정당하다고 확신할 수 없군요. 무슨 사소한 정황으로 인해 종종 사람들은 스스로 믿지 않는 것을 믿는다고 주장하게 되는 것일까요! 아마도 부지불식간에 나온 말이 후세에 전해지는 것이겠지요.[6] 사실, 《복낙원》은 설사 무슨 차이가 있다 한들 《실낙원》보다 결코 열등한 작품이 아닙니다. 열등하다고 생각된다면 그건 사람들이 서사시를 좋아하지 않기 때문이겠지요—사람들이 아무리 좋아한다고들 말해도 말입니다. 그래서 밀턴의 작품들을 원래 순서대로 읽으면 첫 작품에서부터 이미 너무 지치고 싫증이 나서 두 번째 작품에서는 즐거움을 얻을 여력이 남아 있지 않다는 의미에서만 두 번째 작품이 열등하다고 말할 수 있을지 모릅니다.

나는 감히 말하건대 밀턴은 그 두 작품보다는 《코머스》[7]를 더 좋아했을 겁니다. 그랬다면 그는 정당한 평가를 한 것이지요.

*　　*　　*

내가 시에 대해 말하면서, 오늘날의 시 역사에서 가장 유례없는 이단—매우 엉뚱하게도 호반파[8]라고 불리는 이단—에 대하여 살

6　포는 존 밀턴이 자신의 서사시 《복낙원》(1671)을 전작인 《실낙원》(1667)보다 스스로 낮게 평가했다고 전제하면서 밀턴의 내심은 그렇지 않았으리라고 말하고 있다.

7　1634년 출간한 존 밀턴의 가면극.

8　19세기 초 영국 북부 호수 지방에 살면서 서정적인 시를 썼던 시인들에 대한 당대의 속칭. 윌리엄 워즈워스, 새뮤얼 테일러 콜리지, 리처드 사우디 등이 대표 시인으로, 각각 시풍이 다르기 때문에 시의 일파—派로 칭하는 데는 논란의 여지가 있다.

짝만 언급해도 잘못이 아닐 겁니다. 몇 해 전 나는 지금과 같은 기회에 그들의 신조를 공식적으로 논박하려는 시도를 했던 것 같습니다. 그러면 지금의 논의는 과도한 보충이 되겠군요. 현명한 자는 콜리지나 사우디 같은 사람들의 지혜에 머리를 숙여야지요. 그러나 현명하다면, 그토록 산문적으로 예시된 시에 관한 이론들에는 또한 웃을 수밖에 없습니다.

아리스토텔레스는 시가 모든 종류의 글 중 가장 철학적이라고 유례없는 확신을 갖고 선언을 했습니다. 그러나 시가 가장 형이상학적인 글이라고 선언하는 데에는 워즈워스 같은 사람이 필요했습니다. 워즈워스는 시의 목적이 교훈이고 또 교훈이 되어야 마땅하다고 생각하는 것 같습니다. 그러나 우리 삶의 목적이 행복이라는 건 자명한 이치입니다. 그렇다면, 우리 삶의 모든 개별 부분의 목적도, 나아가 우리 삶과 관련된 모든 것의 목적도 행복이어야 합니다. 따라서 교훈의 목적도 행복이어야 합니다. 그리고 행복의 또 다른 이름은 즐거움이므로 교훈의 목적 역시 즐거움이 되어야 합니다. 그러나 내가 앞서 언급한 바에서 암시한 것처럼, 우리는 정확히 정반대의 양상을 목도하고 있습니다.

논의를 계속하자면, 다른 조건이 같다고 전제할 때, 즐거움을 주는 사람이 교훈적인 가르침을 주는 사람보다는 그의 동료들에게 더 중요합니다. 두 경우 다 동료들이 얻고자 하는 혜택은 행복이기 때문입니다. 즉 즐거움을 얻으면 이미 행복이라는 목적이 달성된 것인 반면, 교훈은 단지 그 목적을 달성하기 위한 수단에 불과하기 때문입니다.

그렇다면 나는 왜 형이상학적인 시인들[9]이 그토록 자기들 작품의 유용성에 만족하는지 이유를 알 수가 없습니다. 그들이 가르치려고 하는 것이 실로 천국에 이르는 영원한 가르침을 말하는 것이라면 또 몰라도요. 만약 그런 가르침을 말하는 것이라면 그들의 경건함에 대한 진심 어린 존경심 때문에 나는 그들의 판단력에 대한 내 경멸을 표현할 수가 없을 것입니다—그들의 글이 공공연히 소수에 의해서만 이해되고 다수는 구원에 목마른 상황이라 내가 숨기기 어려울 그런 경멸을 말입니다. 나는 그 경우라면 분명《멜모스》[10]에 등장하는 악마가 8절판 책 세 권 내내 끈기 있게 노력해 한두 명의 영혼을 파괴한 정도라고 생각하고 싶어질 겁니다. 흔한 악마라면 천 명, 2천 명의 영혼을 파괴했을 텐데 말입니다.

* * *

시를 열정이 아니라 공부로 만드는 모든 지나치게 까다로운 것

---

9   앞서 언급한 호반파 시인들을 말하는 것으로, 흔히 대문자 M으로 표기하는 17세기 형이상학파 시인들Metaphysical poets을 언급한 것은 아니다.

10   찰스 로버트 매튜린의 고딕소설《방랑자 멜모스》(1820).

들에 반대하여 이의를 제기하는 것은 시인의 일일 것입니다―물론 그런 것들에 반대해 논증을 전개하는 것은 형이상학자들에게 어울리는 일일 테지만요. 그러나 이의를 제기하기에는 워즈워스나 콜리지는 원로들이시지요. 한 사람은 자기 어린 시절로부터 나온 명상에 고취되어 있는 사람이고 다른 한 사람은 지성과 학식에서 거장입니다. 그렇다면 내가 그들의 권위에 감히 이의를 제기하려고 할 때 기가 죽는 정도란 거의 감당할 수 없을 지경일 겁니다. 다만 내가 마음 깊은 곳으로부터 학식이 상상력과 관련이 거의 없고, 지성이 열정과 거의 관련이 없으며, 나이라는 것이 시와 거의 관련이 없다고 느끼지 않는다면 말입니다.

*　　*　　*

표면 위에는 지푸라기 같이 하찮은 것들이 떠다니니

진주를 찾고자 하는 자는 수면 아래로 잠수해야 한다.[11]

이것은 많은 악영향을 끼친 시행이지요. 위대한 진리들에 관한 한, 사람들은 상층부에서가 아니라 밑바닥에서 더 자주 오류를 저지릅니다. 그 오류의 깊은 수렁은 사람들이 지혜를 추구하는 그 거

---

11 영국의 시인이자 극작가인 존 드라이든의 희곡《오직 사랑을 위하여》(1677)의 프롤로그 일부를 약간 변형하여 인용.

대한 심연 안에 놓여 있지요. 지혜는 눈에 분명히 보이는 궁전 안에서 발견되는데 말입니다. 옛 사람들이 진리의 여신을 샘 안에 숨기는 게 항상 옳았던 게 아니지요.[12] 베이컨이 철학에 던진 그 빛을 보세요.[13] 또 우리의 성스러운 신앙의 원리들을 보세요. 아이의 소박함이면 충분히 어른의 지혜를 무색하게 할 정도로 쉽게 이해 가능한 그런 도덕적 교리들을 말이에요.

우리는 한 예로 콜리지가 자신의 《문학적 자서전》에서 그와 같은 오류를 저지르는 경향이 있는 것을 봅니다. 그 글은 자칭 자신의 문학적 삶과 견해라고 하지만, 사실은 **온갖 지식들**에 대한 논문이지요.[14] 그는 바로 자신의 그 심오함을 이유로 오류를 저지르는 것입니다. 그가 저지르는 오류의 자연스러운 한 전형을 알려면 우리가 하나의 별을 관찰할 때를 생각해보면 됩니다. 우리가 어느 별을 직접적으로 진지하게 보면 그 별은 광선이 없는 하나의 별에 불과합니다. 그 별을 덜 탐구적으로 살피는 사람은 그 별이 지상의 우리에게 주는 유용함의 모든 것을 다 의식하지요. 그 찬란함과 아름다움을 말입니다.

---

12   로마 신화에서 진리의 여신 베리타스는 모습을 드러내지 않고 성스러운 샘의 맨 밑바닥에 숨어 있는 것으로 묘사된다.

13   경험론 철학의 선구자 프랜시스 베이컨.

14   《문학적 자서전》(1817)은 콜리지의 문학 평론서이자 철학 사상서이다.

* * *

워즈워스에 관해서 말하자면 나는 그에 대한 믿음이 없습니다. 그가 젊을 때 시인의 감정들을 가졌었다고 나는 믿습니다. 왜냐하면 그의 글에는 극도의 섬세함이 언뜻언뜻 보이기 때문이지요. (그리고 그 섬세한 감수성이 이 시인 자신의 왕국, 즉 그의 엘도라도이지요.) 그러나 그렇게 언뜻언뜻 보이는 것들은 과거의 좋았던 시절에 대한 회상의 형태에 머물 뿐이고 최상의 경우에도 워즈워스가 현재 시적 불길을 갖고 있다는 것은 거의 보여주지 못합니다. 우리는 빙산의 틈에서도 매일같이 드문드문 제멋대로 올라오는 꽃이 몇 송이 있다는 것쯤은 알고 있지요.

나이 들면 시에 담아낼 그런 명상을 하느라 젊음을 다 흘려보낸 것이 워즈워스의 잘못입니다. 그의 사고력이 자라나자 정작 그 사고력을 명료하게 해줄 빛이 기울어버렸으니까요. 그 결과 그의 사고력은 지나치게 정확해진 겁니다. 이 말은 잘 이해되지 않을지 모르겠지만, 옛 독일 고트족 사람들은 이해할 겁니다. 그들은 국가의 중요한 문제를 논할 때 두 번 논쟁을 했지요. 한 번은 취한 채로 다른 한 번은 맨 정신으로. 맨 정신일 때는 격식의 꼼꼼함이 부족하지 않았을 것이며, 취했을 때는 활력이 모자라지 않았을 것입니다.

자신의 시에 대한 감탄을 이끌어내려고 우리를 설득하려고 하는 워즈워스의 길고 장황한 논의들은 그 자신의 목적에 거의 도움이 되지 않습니다. 그 논의들은 다음과 같은 주장들로 가득 차 있지요. (나는 워즈워스의 책 중 한 권을 무작위로 펼칩니다.) "천재성의 유일한 증거는 행해질 만한 가치가 있으면서 이전에 결코 행해진 적 없는 것을 잘해내는 것이다." 과연 그렇긴 하지요! 그렇다면 가치가 없는 것을 행하거나 과거에 이미 행해진 적 있는 것을 행하는 데서는 천재성이 드러날 수 없다는 셈인데요. 그러나 소매치기는 가치 없는 행동이고 기억할 수 없는 옛날부터 행해져온 것이지만 유명한 소매치기 배링턴[15]은 천재성의 측면에서 자기가 시인 워즈워스와 비교된다면 기분 나빠했을 것 같군요.

다시 말하건대 특정 시의 우수성에 대하여 평가할 때 그 시들이 오시안의 것인지 맥퍼슨의 것인지는 거의 중요하지 않습니다.[16] 그러나 W씨는[17] 맥퍼슨의 시의 무가치함을 증명하기 위해서 수많은 페이지를 할애했습니다. 그토록 성스러운 정신 안에 그토록 외고집이

---

15 조지 배링턴은 18세기 후반 영국의 유명한 소매치기이자 런던 사교계의 인사였다. 호주로 추방되어 호주의 개척자가 되었으며, 저술들을 남겨 작가로도 기록된다.

16 오시안은 3세기경 고대 켈트족의 전설적인 시인이자 용사이며, 맥퍼슨은 18세기 스코틀랜드의 시인으로 오시안의 시들을 발견해 영어로 옮겼다고 주장하면서 시집들을 출판했는데 거짓으로 드러났다. 그 시들의 대부분은 맥퍼슨 자신이 만들어낸 것이었다. 거짓에 대해서는 비판을 받았으나 그의 시에 깃든 우수와 자연에 대한 통찰이 좋은 평을 얻기도 했다.

17 워즈워스를 말한다. 포는 이 글에서 워즈워스라는 이름과 'W씨'라는 호칭을 혼용한다. 후자의 경우 다소 조롱적인 뉘앙스가 있다고 할 수 있다.

깃들 수 있을까요?[18] 위대한 정신들이 그토록 터무니없는 부조리로 추락할 수 있는 걸까요? 그러나 설상가상인 것은 그가 맥퍼슨의 시에 대한 모든 옹호 주장들을 무너뜨리려고 맥퍼슨 시의 한 구절을 의기양양하게 제시해놓고는 그것에 대한 자기의 혐오에 독자가 공감하리라 예상한다는 것입니다. 다음은 서사시《테모라》[19]의 시작 부분입니다. "울린 지방의 푸른 물결은 반짝거리며 요동치고 초록의 언덕들은 햇볕으로 뒤덮여 있네. 부드러운 바람에 나무들이 어둑어둑한 머리를 흔드네." 이 호화롭고도 소박한 이미지들을, 즉 모든 것이 살아 있고 불멸로 맥박이 뛰는 이 대목을,《피터 벨》[20]의 저자 윌리엄 워즈워스는 자신의 경멸을 표현하기 위해 고른 것입니다. 우리는 워즈워스 그 자신은 얼마나 더 잘 쓸 수 있는지 보여줄 예를 살펴볼 것입니다. 여기 첫 번째 예가 있습니다.

> 그리하여 이제 그녀는 망아지의 머리 쪽으로
>
> 그리하여 이제 그녀는 망아지의 꼬리 쪽으로
>
> 이쪽으로, 저쪽으로 돌며

---

18 존 밀턴이《실낙원》에서 인용한 로마 시인 베르길리우스의 말.
19 맥퍼슨이 오시안의 시를 번역한 것이라면서 발표한 시집 중 하나.
20 워즈워스가 운문으로 쓴 긴 이야기로 당대에는 혹평을 받았다.

기쁨으로 숨이 막혀

슬픈 눈물 몇 방울 흘리면서

어디를 어떻게 도착여야 할지도 모른 채

그녀는 망아지를 도닥거렸네―행복한 베티 포이!

오 조니! 의사는 필요 없어요!²¹

그리고 두 번째 예는 이것입니다.

이슬이 빠르게 떨어지고 있었고 별들―이 반짝이기 시작했네.

나는 이런 목소리를 들었지―예쁜 녀석, 마시렴, 마시렴.

그래서 울타리 너머를 바라보니 내 앞―으로 멀찌감치

눈처럼 하얀 새끼 산양과 그 옆의 한―소녀가 보였네.

근처에 다른 양들은 없고 오로지 그 양만

가녀린 끈으로 돌에―묶여 있었네.²²

---

21   워즈워스가 쓴 〈백치 소년〉의 한 대목이나 워즈워스의 실제 시와 일치하지 않는
      다. 행의 순서를 바꾸고 일부 행을 누락해 두 연을 한 연처럼 만들었다.

22   워즈워스의 시 〈애완양〉의 일부. 역시 두 연을 한 연으로 합치고, 구두점을 바꾸
      어 인용했다. 특히 원래 없던 줄표(―)를 의도적으로 넣어 다소 조롱의 느낌이 실
      린다.

이제 우리는 이 시의 사건이 모두 사실이라고 의심 없이 믿습니다. W씨여, 우리는 그것을 믿으려 하고 정말로 그럴 것입니다. 당신이 불러일으키려는 것이 양을 위한 동정심인가요? 진심으로 나는 양을 사랑하고말고요.

*　　*　　*

그러나 친애하는 B여, 워즈워스조차도 분별 있는 경우들이 있습니다. 스탐불[23]조차도 끝이 있기 마련이라고들 하고, 말도 안 되는 가장 불운한 실수들도 어떤 결론에 이르기 마련이니까요. 여기 워즈워스의《서정담시집》서문의 발췌문이 있습니다.

"현대 작가들의 어법에 익숙한 사람들은, 만약 이 책을 끝까지 읽어낼 수 있다면, (불가능하지요!) 틀림없이 뭔가 어색하다는 느낌들을 감당해야 할 것이다. (하! 하! 하!) 그들은 시가 어디에 있는지 두리번거릴 것이고 (하! 하! 하!) 어떤 종류의 예의가 이러한 시도들에 시라는 칭호를 허용했는지 묻게 될 것이다." 하! 하! 하! 하! 하!

그러나 W씨를 절망하게 하지는 맙시다. 그는 서민의 마차에 불멸성을 준 것이고, 그 유명한 벌 소포클레스[24]는 아픈 발가락에 영

23　　고대 비잔티움 왕국의 수도이자 이스탄불의 옛 이름.

24　　고대 그리스의 비극 시인. 그리스에서는 시인을 신의 술을 모으는 '벌'이라고 불렀다.

원성을 부여했고[25] 또 칠면조의 합창으로 한 편의 비극에 권위를 부여한 것이지요.[26]

*　　*　　*

콜리지에 관해서는 존경심 없이 논할 수가 없습니다. 그의 높이 솟은 지성! 그의 거장 같은 힘! 그런데 그는 "대부분의 분파들은 대체로 자기들이 옹호하는 점에선 맞지만 자기들이 부인하는 점에서는 틀린다"[27]라는 사실을 보여주는 또 하나의 증거이지요. 그는 다른 사람들의 관념에 저항하여 스스로 세운 벽 안에 자기 자신의 관념들을 감금시키고 말았습니다. 그토록 훌륭한 정신이 형이상학에 매몰되어 마치 닉탄시스[28]처럼 밤에만 홀로 향기를 낭비한다고 생각하면 한탄스러운 일입니다. 그의 시를 읽으면 나는 몸이 떨립니다. 마치 화산 위에 서서 분화구로부터 터져 나오는 그 어둠을 보고는 그 아래에 굽이치고 있을 불과 빛을 인지하는 사람처럼

25　소포클레스의 비극 《필록테테스》에서 주인공인 명사수 필록테테스는 발에 상처를 입는다.

26　소포클레스의 비극 《멜레아그로스》 공연에서 소포클레스가 암뿔닭들의 합창 장면을 넣었다는 기록이 있다. 신화에 따르면 용사 멜레아그로스가 죽자 그의 누이들이 슬피 울다 암뿔닭으로 변했다고 한다. 암뿔닭은 칠면조와는 다르지만 학자들은 포가 냉소적인 어조를 실어 그냥 칠면조라고 부른 것으로 본다.

27　콜리지가 인용한 철학자 라이프니츠의 말.

28　물푸레나무과에 속하는 꽃으로, 밤에 꽃잎이 열린다.

말입니다.

시란 무엇입니까? 시란! 아홉 개의 이름을 가진 코르키라 섬[29]처럼 변화무쌍한 이 관념은 말입니다! 나는 얼마 전에 어느 학자에게 시를 정의해달라고 요청했습니다. 그는 "기꺼이 해드리지요"라고 말하고는 자기 서재에 있는 존슨 박사[30]의 사전 한 권을 갖고 오더니 거기에 있는 정의로 나를 매우 질리게 만들었지 뭡니까. 맙소사, 불멸의 셰익스피어의 영혼이 무덤에서 나올 판이었지요! 나는 당신의 고결한 눈이 화가 나서 그 상스러운 큰곰자리의 불경스러움을 노려보는 것을 상상합니다. 친애하는 B여, 시를 생각해보세요. 시를 생각하고 나서 새뮤얼 존슨 박사를 떠올려보세요! 그모든 영묘하고 요정 같은 것들을 떠올리고 나서, 그다음에 그 모든 끔찍하고 부피가 엄청난 것들을 생각해보세요. 존슨의 거대한 몸집, 그 코끼리를요! 그러고 나서 폭풍과 한여름 밤의 꿈들과 프로스페로와 오베론 그리고 티타니아에 대해 생각해보세요![31]

---

29 이오니아해에 있는 그리스의 섬. 지금의 명칭은 '케르키라'이고, '코르푸'라고도 불린다.

30 영국의 시인이자 평론가인 새뮤얼 존슨. 존슨이 편찬한 《영어 사전》(1755)은 19세기 말 《옥스퍼드 영어 사전》이 나오기 전까지 가장 저명한 영어 사전이었다. 이 사전에서 시는 "운율적인 창작"으로 정의되어 있다.

31 셰익스피어의 희극 《폭풍》과 《한여름 밤의 꿈》에 등장하는 인물들을 언급하고 있다.

시란 내 의견으로는 그 직접적인 목적이 진리가 아니라 즐거움
이라는 점에서 과학과는 반대가 됩니다. 시는 그 목적이 **명확한 즐**
거움이 아니라 **불명확한 즐거움**이라는 점에서 로맨스[32]와도 반대
이고, 이러한 목적이 달성되는 한에서만 시가 되지요. 지각 가능한
이미지들을 명료한 느낌으로 제시하는 로맨스와는 달리 시는 불
명료한 느낌으로 제시하기 때문에 이러한 목적을 달성하려면 음
악이 필수적입니다. 아름다운 소리를 이해한다는 것이 우리가 가
진 가장 불명확한 개념이기 때문이지요. 즐거움을 줄 수 있는 관념
이 음악과 결합될 때 시가 됩니다. 그런 관념이 없는 음악은 그저
음악이고, 음악이 없는 관념은 그 관념의 명료성으로 인해 산문이
되지요.

영혼에 음악이 없는 사람에 대한 맹비난이 무엇을 의미하겠습
니까?

*　　　*　　　*

친애하는 B여, 이 두서없는 긴 이야기를 요약하자면, 시인으로
서 간주되는 형이상학적인 시인들에 대하여—당신이 틀림없이 알

32　소설 이전부터 있었던 이야기 형식으로, 상징적이고 알레고리의 성격이 강한 소
　　설을 지칭하기도 한다.

아차렸겠지만—나는 가장 엄숙한 경멸을 갖고 있습니다. 그들에게
추종자들이 있다는 사실은 아무것도 입증해주지 못합니다.

> 자기 궁전으로 향하는 인도의 왕자라 해도
>
> 교수대로 향하는 도둑보다 더 많은 이들이 뒤따르지 못하니.[33]

33　17세기 영국 시인 새뮤얼 버틀러의 풍자시 《휴디브래스》의 일부.

영혼의 베일

    나에게 '예술'이라는 용어를 매우 짧게 정의해달라고 한다면, 나는 '오감이 자연 안에서 영혼의 베일을 통하여 지각한 것의 재현'이라고 말하겠다. 그렇지만 아무리 정확하게 재현을 한다 해도 자연 안에 있는 것의 단순한 모방으로는 그 누구도 '예술가'라는 성스러운 이름을 부여받지 못한다. 데너[34]는 예술가가 아니었다. 제욱시스[35]의 포도는 멀리서 내려다보듯 조망하지 않는 한 비예술적이다. 그리고 파르하시우스[36]조차도 천재성에 못 미친다는 것은 숨길 수 없다. "영혼의 베일"이라고 말했는데, 그러한 무엇이 "예술"에는

---

34   18세기 독일 화가 발타사르 데너. 지극히 사실적인 그림으로 유명하다.

35   고대 그리스 화가. 새들이 그가 그린 포도를 진짜로 착각했다고 전해진다.

36   고대 그리스 화가. 사실적인 정물화법의 선구자로 알려져 있다.

필수불가결한 것으로 보인다. 우리는 눈을 반쯤 감고 경치를 바라봄으로써 언제라도 그 실제 경치의 참된 아름다움을 두 배로 만들 수 있다. 아무것도 걸치지 않은 적나라한 '오감'은 종종 지나치게 적게 보고, 또 다른 한편으로는 언제나 지나치게 많이 본다.

시의 원리

시의 원리에 대해 나는 모든 세부적인 것을 다 이야기하거나 심오한 이야기를 할 계획은 없습니다.[37] 나는 시라고 불리는 것의 본질적 속성을 매우 무작위로 논의해나갈 생각이고, 내 주된 목적은 나의 취향에 맞는 혹은 나의 상상력에 가장 결정적인 인상을 남긴 영미 시 중 몇몇 마이너 시들을 인용하여 살펴보는 것입니다. 내가 "마이너 시들"이라 한 것은 물론 길이가 짧은 시들을 의미합니다. 그런데 시에 대한 나의 비평적 판단에 정당하게건 부당하게건 항상 영향을 미친 약간 특이한 원리에 대해 지금 이 서두에서 몇 마디 하도록 허락해주시기 바랍니다. 나는 긴 시란 존재하지 않는다

37　〈시의 원리〉는 포가 여러 번 했던 강연 내용으로, 생전에 별도로 출판한 적은 없다. 이 글은 1849년 강연 원고로 추정되는 자료를 토대로 포 사후인 1850년에 처음 잡지에 발표되었다.

고 믿습니다. '긴 시'는 그저 용어 자체부터 결정적인 모순이라는 게 내가 고수하는 입장입니다.

한 편의 시란 영혼을 고양시키는 자극을 주는 한에서만 시라는 이름에 값한다는 것은 굳이 언급할 필요도 없을 것입니다. 시의 가치는 이렇게 영혼을 고양시키는 흥분에 비례하지요. 그러나 모든 흥분들은 심리적인 필요로 인하여 일시적입니다. 시에게 시라고 불릴 자격을 주는 정도의 고양된 흥분이란 긴 창작물에서는 내내 지속될 수가 없습니다. 최대로 길어봐야 30분을 넘기면 흥분은 느슨해졌다가는 가라앉고 불쾌감이 뒤따릅니다. 그러면 결과적으로 그 시는 사실상 더 이상 시가 아닌 것입니다.

《실낙원》에 내려진 비평적 진단은 그 작품이 처음부터 끝까지 열렬한 감탄을 받을 만하다는 것이지만, 그런 평가가 요구할 열정을 순조롭게 유지하면서 그 작품을 읽기란 절대 불가능합니다. 그래서 실제 독서를 비평적 평가와 조화시키기 어렵다고 깨달은 독자들이 분명히 많습니다. 사실 이 위대한 작품은 모든 예술 작품의 핵심 전제 조건인 통일성을 제쳐두고 그저 길이가 짧은 시들의 연속물로만 이해할 때 시적인 작품으로 간주될 수 있습니다. 만약 통일성, 즉 효과나 인상의 총체성을 유지하기 위해서 (흔히 필요한 것처럼) 《실낙원》을 한 번 앉은자리에서 다 읽는다면, 그저 흥분과 침체가 지속적으로 교차하는 독서가 될 뿐입니다. 진정한 시로 느껴지는 대목 뒤에는, 그 어떤 비평적인 예단으로도 독자가 감탄하도록 강제할 수 없는 진부한 대목이 불가피하게 뒤따르기 때문이죠. 그러나 만약《실낙원》을 다 읽자마자 첫 번째 책은 건너뛰고 두 번째 책부터 다시 읽는다면, 처음 읽을 당시 몹시 싫었던 부분에 이제는 감탄하게 되고 반대로 처음에 감탄했던 대목이 이제는 매우 마음에 안 든다는 사실을 깨닫고 놀랄 것입니다. 결론적으로, 태양 아래 가장 훌륭한 서사시라 해도 그 최종적, 종합적 혹은 절대적 효과는 공허함인 것입니다. 그리고 이것은 정확히 사실입니다.

《일리아드》[38]에 관해서는, 명백한 증거는 아니더라도, 그 작품이 적어도 일련의 서정시의 연속으로 의도되었다고 믿을 만한 충분한 이유가 있습니다. 그러나 그런 의도를 인정하더라도 나는 이 작품이 일종의 불완전한 예술 감각에 근거했다고 말할 수 있을 따름입니다. 현대의 서사시는 이와 같은 불완전한 고대의 모범에 대한 경솔하고 맹목적인 모방일 뿐이지요. 그러나 이 예술적 변종들의 시대는 이제 끝났습니다. 설사 매우 긴 어떤 시가 실제로 어떤 시기에 인기가 있었다 해도—그럴 리는 없다고 생각하지만—적어도 분명한 것은, 아주 긴 시가 두 번 다시 인기를 누리지는 않으리라는

38　고대 그리스 작가 호메로스의 서사시. 모두 1만 5693행으로 되어 있다.

것입니다.

시 작품을 평가할 때 다른 조건이 같을 경우, 분량이 곧 우수성의 잣대라고 말한다면 두말할 나위도 없이 매우 부조리한 명제로 보입니다. 그런데도 계간 문예지들은 우리가 그런 터무니없는 관점을 갖게끔 영향을 미치고 있습니다. 분명코 단순한 **분량** 자체에는 추상적으로 고려할 무엇도 있을 수가 없는데 말이지요. 한 권의 책의 경우 단순한 양 자체는 아무런 중요성도 있을 수가 없는데 그 양이란 것이 그 음울한 잡지들에게 그토록 지속적인 찬사를 받다니요! 하나의 산은 확실히 물리적 광대함이라고 하는 단순한 정서만으로도 우리에게 숭엄함의 감동을 **주지요.** 그러나 작품의 물질적인 웅장함에 그런 방식으로 감동받는 이는 없습니다. 그건 《콜럼비아드》[39]라 해도 마찬가지입니다. 그 계간지들조차도 이 작품에 대해 독자가 그런 방식으로 감동하게끔 이끌지는 않았어요. 아직까지는 문예지들이 라마르틴[40]을 책 두께가 몇 피트인지로 평가해야 한다거나, 폴록[41]을 작품 무게가 몇 파운드인지로 평가해

---

39 미국의 외교관이자 문필가인 조엘 발로Joel Barlow의 1807년 장편 서사시. 호메로스, 베르길리우스, 밀턴 등의 서사시에 비견되며 몇 년간 인기를 누렸지만 후에는 좋은 평가를 받지 못했다.

40 프랑스의 시인이자 정치가인 알퐁스 드 라마르틴. 방대한 분량의 장시들을 쓴 것으로 유명하다.

41 스코틀랜드의 시인 로버트 폴록. 10권짜리 장시를 썼다.

야 한다고 주장하지 않았습니다. 그러나 그 잡지들이 "끈기 있는 노력" 운운하는 수다를 계속 떨 때 우리가 달리 무엇을 추론해낼 수 있을까요? 만약 "끈기 있는 노력"으로 어느 평범한 신사가 서사시 한 편을 완성했다면, 그 노력에 대하여 허심탄회하게 찬사를 보냅시다—만약 그것이 진실로 찬사를 보낼 만한 것이라면 말이죠. 그러나 그런 노력 자체만을 이유로 그 서사시를 칭찬하는 것은 삼갑시다. 바라건대 미래에는 예술 작품이 만들어내는 인상—그 작품이 만들어내는 효과—에 근거하여 그 작품을 평가하는 것이 상식이 되어야 합니다. 그 효과를 작품에 새기느라 쏟은 시간이나 그 인상을 만들어내는 데에 꼭 필요했던 "끈기 있는 노력"의 양을 기준으로 작품을 평가하는 것보다는 말입니다. 사실은 그러한 끈기는 천재성과는 상당히 다른 것이고, 기독교 세계의 모든 계간지들이 전부 다 그 둘을 혼동할 리도 없습니다. 따라서 가까운 장래에 내가 말한 이 명제는 내가 열심히 설득해온 많은 다른 명제들과 함께 자명한 것으로 받아들여질 것입니다. 그때까지, 내 주장이 대체로 거짓이라고 비난받는다고 해서 진리로서의 가치가 본질적으로 손상되지는 않을 겁니다.

　다른 한편으로는, 시가 부적절할 정도로 짧을 수 있다는 것도 분명합니다. 부적절하게 짧은 길이의 시는 단순한 경구로 전락해버리지요. 매우 짧은 시는 간혹 찬란하거나 생생한 효과를 낳기도

하지만, 결코 심오하거나 지속적인 효과를 만들어내지 못합니다. 녹은 초 위에 도장을 내리누를 때 필요한 것과 같은 일정 정도 지속된 힘은 있어야만 하니까요. 베랑제[42]는 신랄하게 정신을 자극하는 헤아릴 수 없이 많은 작품들을 썼지만 대체로 대중의 관심에 깊은 각인을 새기기에는 지나치게 무게가 없었고, 그 결과 그의 작품들은 많은 환상의 깃털들처럼 높이 날아갔다가 흩어져버렸습니다.

다음의 정교하고 짧은 세레나데는 부적절하게 짧은 길이가 시를 약하게 만들고 대중의 관심을 잃게 한 주목할 만한 예시입니다.

밤의 달콤한 첫 잠에서 꾼

그대 꿈으로부터 나 일어나네.

바람이 낮게 숨 쉬고

별들이 밝게 빛나고 있을 때

나 그대 꿈으로부터 일어나니

한 요정이 내 발걸음 인도하네

어떻게 그럴 수 있는지는 누가 알까

---

42 19세기 프랑스 시인 페에르-장 드 베랑제. 매우 많은 작품을 썼으며 풍자시와 대중적인 노래를 지어 당대에 유명했다. 포 당대에는 프랑스 시인 중 가장 존경받는 시인 중의 하나였으나 오늘날에는 그렇지 않다.

그대 방 창 쪽으로 인도하네, 사랑스러운 이여!

떠도는 공기들은 어둠 속 그 고요한

시냇물 위에서 약해지네.

그리고 참파카 나무 향기는

꿈속의 달콤한 생각들처럼 사라지네.

나이팅게일의 넋두리는

제 가슴에서 스러져 죽어가네

내가 그대 가슴에서 죽어야만 하듯이.

오, 진실로 내가 사랑하는 이어!

오, 나를 풀밭에서 일으켜주오!

나는 죽고, 쓰러지고, 힘이 빠진다오!

오, 입맞춤으로 내 입술 위에, 내 창백한 눈꺼풀 위에,

그대의 사랑이 비처럼 내리게 해주오.

나의 뺨은 차갑고 하얗소, 아 슬퍼라!

나의 심장은 크고 빠르게 고동친다오.

오, 그대 심장 가까이로 다시 내 심장을 꽉 껴안아주오.

내 심장은 그곳에서 결국 깨어져버리겠지만.

이 시행들이 낯익은 사람들은 거의 없겠지만, 이 시의 작가는 다름 아닌 셸리[43]입니다. 이 시의 따뜻하면서도 섬세하고 영묘한 상상력은 모든 사람들이 음미할 수 있겠지요. 그러나 그 어떤 독자도 사랑하는 이에 대한 달콤한 꿈에서 깨어 한여름 밤 남쪽 지방의 향기로운 공기 속에 멱을 감는 그 사람 자신만큼 온전하게 그 상상력을 음미할 수는 없을 것입니다.

윌리스[44]의 가장 훌륭한 시 중 하나—내가 보기에는 그가 쓴 시 중 최고의 시—도 의심할 여지 없이 부적절하게 짧은 길이라는 동일한 결점으로 인해, 대중의 시선과 비평적 시선에서 그 온당한 지위를 얻지 못하였습니다.

> 그림자들이 브로드웨이를 따라 누워 있고
> 석양의 조수가 가까웠네
> 그곳에 한 아름다운 숙녀가
> 당당하게 천천히 걷고 있었지.
> 그녀는 혼자서 걸었지만 요정들이

---

43 19세기 영국 낭만주의 시를 대표하는 시인 퍼시 비시 셸리. 인용된 시는 〈인도의 가락에 맞춘 시〉(1819)이다.

44 포와 당대에 교류한 미국 시인이자 편집자 너새니얼 윌리스. 인용된 시의 제목은 〈보이지 않는 요정〉(1843)이다.

보이지 않게 그녀 곁에서 걸었네.

평화는 그녀 발 아래 거리를 매혹했고
명예는 그 공기를 매혹했네.
모두 활기를 띠며 그녀를 다정하게 바라보고
아름다운 만큼이나 그녀가 선하다고 했지
신이 그녀에게 주신 모든 것에도 불구하고
그녀는 지극히 조심스러운 신중함을 가졌으니.

그녀는 따뜻하고 진실된 연인들이
자기의 드문 아름다움 곁에 오지 못하게 조심했지.
그녀의 마음은 황금이 아닌 모든 것에 차가웠고
부유한 자들은 구애하러 오지 않았네.
아! 그녀의 매력은 명예롭게 지켜졌네
사제가 장사를 주선해준다면 팔기 위해.

이제 저기 더 아름다운 이가 걷고 있었네
백합처럼 창백하고 몸이 호리한 소녀가.
그리고 그녀에게는 어떤 영혼이라도 움찔하게 만드는
눈에 보이지 않는 동반자들이 있었으니

그녀는 '가난'과 '조롱' 사이에서 버림받은 채 걸었네.

그리고 아무것도 도움이 되지 않았지.

지금 이 세상의 평화를 위해 기도하는

어떤 자비도 그녀의 이맛살을 펴게 할 수 없네.

왜냐하면 사랑의 격렬한 기도가 공기 속으로 녹을 때

그녀의 여성으로서의 마음도 무너졌기에!

그러나 하늘의 예수는 용서한 그 죄도

항상 인간에 의해 저주를 받고 마네!

이 시에서 단순한 '사교의 시'[45]만을 많이 쓴 윌리스를 인식하기란 어렵습니다. 이 시행들은 모종의 진지함—명백한 정서적 성실함—을 풍기고 있고, 풍부하게 이상적일 뿐 아니라 활력으로 가득차 있어서 이러한 특성은 이 작가의 모든 다른 작품들에서는 찾아볼 수 없는 것이지요.

서사시에 대한 열광, 즉 장황함이 시의 우수성에 필수적이라는 관념은, 단지 그 생각 자체의 부조리함 때문에 지난 몇 년간 점차

---

45 남성 화자가 매력적인 여성들의 세계를 관음증적으로 바라보고 묘사하는 형태의 가벼운 시들을 말한다. 당대 뉴욕을 배경으로 한 일군의 시들, 이른바 '도시의 시들City Poems'이 여기에 속한다.

대중의 뇌리에서 사라졌습니다. 그러나 너무 명백한 거짓이라 오래 묵과할 수는 없는 하나의 이단이 그 열광을 계승하였습니다. 그런데 이 이단은 우리 시 전통에 해가 되는 수많은 적들에게서 생겨났기보다는 우리 시 전통 자체의 타락 안에서 짧은 기간 동안에 자리를 잡은 것이라고 할 수 있습니다. 나는 '교훈주의'라고 하는 이단을 말하는 것입니다. 넌지시건 공공연하게건 모든 시의 궁극적인 목적은 '진리'라고 직간접적으로 전제되어왔지요. 모든 시는 도덕을 가르쳐야만 하고 이러한 도덕을 잣대로 작품의 시적 우수성을 판단해야 한다고들 말하지 않습니까. 특히 우리 미국인들은 이러한 행복한 관념을 지지해왔고, 우리 보스턴 사람들은 더욱더 그러한 관념을 최대한으로 발전시켜왔습니다. 그래서 시 자체를 위해서 시를 쓴다는 것, 즉 그런 것이 우리의 기획이었음을 인정하는 것은 근본적으로 진정한 시적 권위와 힘이 부족하다는 것을 스스로 고백하는 것이라고 우리는 믿게 되었습니다. 그러나 단순한 사실을 말하자면, 우리가 스스로의 영혼을 들여다보기만 하면 우리는 이내 다음과 같은 사실을 발견하지 않을 수 없습니다. 태양 아래 그 어떤 작품도, 바로 그런 시—즉 시 자체일 뿐 그 이상이 아닌 시—오로지 시 자체를 위해서 쓰인 시—보다 더 온전하게 품위 있고 더 지고하게 숭고한 시란 존재하지도, 존재할 수도 없다는 것 말입니다.

나는 '진리'에 대해서, 그 어떤 인간의 가슴이 품었던 것보다 깊은 경외감을 갖고 있지만, 그럼에도 불구하고 진리의 가르침의 방식들을 일정 정도 제한하고자 합니다. 나는 그 방식들을 강화하기 위해서 제한하려는 것이고, 그 방식들을 무절제하게 씀으로써 약화시키지 않으려는 겁니다. 진리의 요구는 준엄합니다. 진리는 도금양[46]에 어떤 연민도 갖고 있지 않지요. 노래에 필수불가결한 모든 것이 진리와는 정확히 아무 상관이 없는 모든 것입니다. 진리의 여신에게 보석과 꽃으로 화환을 씌워주는 것은 그녀를 거드름 피우는 역설로 만드는 꼴에 불과합니다. 하나의 진리를 주장할 때 우리는 언어를 꽃피우게 하기보다는 언어의 엄격함이 필요하니까요. 우리의 언어는 단순하고, 정확하고, 간결해져야만 하니까요. 우리는 냉정하고, 차분하고, 감정에 지배되지 않아야 하는 거죠. 한마디로, 우리는 가능한 한 시적인 것과 거의 정확히 반대되는 감정 상태가 되어야 하는 것입니다. 무언가를 마음에 심어주려 할 때 진리의 방식과 시적 방식 사이의 근본적인 차이를 인식하지 못하는 그런 사람은 장님일 겁니다. 그러한 차이에도 불구하고 여전히 시와 진리라는 완고한 물과 기름의 화해를 고집하는 사람은 구제 불

---

46   미의 여신 비너스의 신목神木으로, 여기서는 진리와 다른 가치인 아름다움을 상징한다.

능으로 이론에 집착하는 사람임이 틀림없습니다.

정신세계를 가장 직접적으로 뚜렷이 드러나는 세 가지 특질들로 나누어본다면, 그건 '순수 지성', '취향', '도덕의식'일 겁니다. 나는 취향을 중간에 놓았는데, 정신에서 취향이 차지하는 위치가 바로 중간이기 때문입니다. 취향은 양쪽 극단의 어느 쪽이건 그것과 내밀한 관계를 유지합니다. 그러나 취향은 도덕의식과 너무도 희미한 차이로만 분리되기 때문에 아리스토텔레스는 주저하지 않고 취향의 몇몇 작용들을 미덕들 가운데 포함시켰지요. 그럼에도 불구하고 우리는 이 셋의 임무가 충분히 서로 구별되는 특징이 있음을 압니다. 지성이 '진리'와 관련되는 것과 마찬가지로, 취향은 우리에게 '아름다움'을 알게 해주고, 도덕의식은 '의무'에 경의를 표하게 합니다. 의무에 대해 말하자면, '양심'은 의무를 다할 책임을 가르치고 '이성'은 의무를 다할 편리한 방편을 가르칩니다. 그런가 하면 취향은 의무의 매력을 드러냄으로써 만족감을 느끼며, '악'이 추하고 균형이 없다는 이유만으로 악과 전쟁을 수행하지요. 즉 취향이 보기에 악은, 잘 어울리고 알맞고 조화로운 것에 대한 적개심, 한마디로 말해 '아름다움'에 대한 적개심을 보이기 때문입니다.

이와 같이 인간 정신 깊이 자리한 하나의 불멸의 본능은 명백히 아름다움에 대한 감각입니다. 이 감각이야말로 인간이 다양한 형상, 소리, 향기, 정취에서 즐거움을 얻도록 도와줍니다. 그리고 호수 안에서 혹은 거울을 보는 아마릴리스[47]의 눈 안에서 백합이 거듭 비치는 것처럼, 그렇게 형태, 소리, 색깔, 향기, 정취를 말로나 글로 반영하여 반복해내는 것만으로도 그 즐거움을 주는 원천을 복제하는 것이 되지요. 그러나 이러한 단순한 반복은 시가 아닙니다. 즉 그저 단순히 노래하기만 하는 사람은 아무리 빛나는 열정을 갖고 있다 해도 시인이 아닙니다. 전 인류와 공통점을 지닌 존재인 그를 반기는 풍경, 소리, 향기, 정서를 아무리 생생하고 충실하게 묘사한다 해도 그는 아직 그 신성한 직함을 입증하지 못한 것이라고 나는 말하겠습니다. 그가 얻지 못한 무언가가 여전히 멀리에 있는 것입니다. 우리는 여전히 달래야 하는, 꺼뜨릴 수 없는 갈증을 갖게 되고, 그는 우리에게 아직 수정 같은 샘물들을 보여주지 못한 것입니다. 이 갈증은 '인류'의 불멸성을 이루는 갈증입니다. 이 갈증은 영속적으로 이어지는 인류의 삶의 결과이자 징후입니다. 그것은 별을 향한 나방의 갈망입니다. 그것은 우리 앞에 있는 아름다움에 대한 단순한 음미가 아니라 천상의 아름다움에 도달하고자 하는 격렬한 노력입니다. 우리는 무덤 너머의 영광에 대한 환희에 찬 통찰에 고무되어, '시간'에 속한 사물들과 생각들로 다양한

---

47 그리스 신화에서 사랑에 빠진 양치기 소녀의 이름이자 신화에서 유래한 백합목 수선화과의 꽃.

형태의 조합을 만들고 그럼으로써 오로지 영원성과 관련될 듯한 아름다움의 한몫이라도 얻으려고 분투합니다. 그리하여 우리는 '시'로 인해 혹은 시적 정서 중 가장 최면적인 정서인 '음악'으로 인해 하염없이 울게 되는 것이지요. 이때 우리는 성직자 그라비나가 생각하는 것처럼 기쁨이 넘쳐서 울게 되는 것이 아닙니다.[48] 우리는 실은 그 시를 **통하여** 혹은 음악을 **통하여** 우리가 잠시 그저 막연하게 감지할 뿐인 그 신성하고 황홀한 기쁨을 지금, 전적으로, 여기 지상에서, 즉시, 그리고 영원히, 움켜쥘 수 없다는 우리의 무능력에 대한 어떤 성마르고 조바심 나는 슬픔 때문에 울게 되는 것입니다.

천상의 '아름다움'을 이해하려는 그러한 분투, 즉 영혼의 역할에 어울리는 그러한 분투야말로 지금까지 (세상 사람들이) 시적인 것으로 금방 이해하고 느낄 수 있었던 그 모든 것을 만들어내었습니다.

물론 '시적인 정서'는 다양한 양식으로―회화, 조각, 건축, 무용, 특히 음악에서, 그리고 매우 독특하게 넓은 분야를 포함하자면 정원 조경에서도―개발될 수 있을 겁니다. 그러나 우리의 현재 주제는 언어를 통한 표명과만 관련된 것이니 이쯤에서 나는 리듬이라는 주제에 관해 간략하게 이야기하겠습니다. 시에서 '음악'은 운율,

---

48　18세기 이탈리아 평론가 잔 빈첸초 그라비나의 《시론詩論》(1708)에 나오는 내용을 언급하고 있다.

리듬, 압운 등 다양한 형태로, 결코 분별 있는 사람이라면 부정할 수 없을 정도로 매우 중요한 방식으로 존속해왔습니다. 즉 시에서 결정적으로 중요한 보조 요소이기에 음악의 도움을 거절하는 건 어리석은 일이라고 나는 충분히 확신합니다. 따라서 지금 시에서 음악의 절대적 중요성을 주장하느라 잠시 멈추지는 않겠습니다. 사실 '시적인 정서'로 영감에 차오른 영혼이 애써 달성하려고 하는 위대한 목적―즉 천상의 '아름다움'을 창조해내는 것―이 가장 근접하게 성취되는 것이 아마도 음악에서일 겁니다. 아닌 게 아니라, 어쩌면 이 숭고한 목적은 때때로 이곳 지상에서 정말로 달성이 되는 게 아닌가 합니다. 왜냐하면 우리는 종종, 지상의 하프가 천사에게 낯설 리 없는 선율을 연주하고 있다고 기쁨에 떨며 느끼니 말입니다. 그러므로 우리가 '시'와 대중적 의미에서의 '음악'의 결합 안에서 시적 전개를 위한 가장 광대한 영역을 발견하리라는 것에는 의심이 있을 수 없지요. 옛 음유 시인들과 궁정 시인들은 우리가 갖지 못한 장점을 가진 셈입니다. 토머스 무어[49]는 자기 작품을 노래로 부름으로써 가장 적합한 방식으로 그 노래들을 시로 완성시키고 있었던 거지요.

49　아일랜드 시인 토머스 무어. 1807년부터 〈아일랜드 멜로디〉라는 일련의 짧은 서정시들을 음악과 함께 발표했다. 직접 노래를 부르고 공연을 했으며 일부는 직접 작곡했다.

그렇다면 다시 요약하건대, 나는 언어로 된 시를 리듬이 실린 아름다움의 창조라고 간단히 정의하겠습니다. 시의 유일한 판정자는 '취향'입니다. '지성'이나 '양심'과는 그저 부차적인 관계만 있을 뿐이지요. 시는 우연의 경우를 제외하고는 '의무'나 '진리'와 하등의 관련이 없습니다.

그러나 설명을 위해 몇 마디를 더 보태보겠습니다. 가장 순수하고 가장 정신을 고양시키는 동시에 가장 강렬한 그런 즐거움은 아름다운 것에 대한 숙고로부터 나온다고 나는 주장합니다. 우리는 아름다움에 대하여 숙고하면서 영혼의 즐거운 고양이나 흥분에 도달하는 것이 가능하다는 것을 홀로 발견합니다. 우리는 그러한 영혼의 고양을 '시적인 정서'로 인식하며, 그것을 '이성'의 만족인 '진리' 그리고 마음의 흥분인 '열정'과 쉽게 구분할 수 있습니다. 그러므로 나는 숭엄함을 포함하는 뜻으로 '아름다움'이라는 단어를 사용하면서 '아름다움'을 시의 영역으로 간주합니다. 그 이유는 그저, 예술적 효과는 그 효과를 불러일으키는 것으로부터 가능한 한 직접적으로 나와야 한다는 게 '예술'의 명백한 규칙이기 때문입니다. 지금 논의되고 있는 영혼의 독특한 고양이 적어도 시에서 가장 순조롭게 이루어질 수 있다는 것을 부정할 만큼 인지력이 약한 사람은 아직까지 없었을 겁니다. 그러나 결코 '열정'이 주는 자극, '의무'라는 개념, 혹은 '진리'의 교훈이 시에 유용하게 도입되지 않는다고 말하려는 건 아닙니다. 이들은 다양한 방식으로 작품의 일반적인 목적에 부수적인 도움을 줄 수 있지요. 그러나 진정한 예술가라면 언제나 이들을 조율하여 아름다움이라고 하는 시의 분위기와 본령에 적절히 종속시키려고 애를 쓸 것입니다.

여러분이 살펴볼 몇 편의 시를 소개하려고 하는데 롱펠로의《떠돌이》서문[50]을 인용하면서 시작하는 것이 가장 좋겠습니다.

날이 저물고, 어둠이

밤의 날개로부터 내려오네

마치 날고 있는 독수리로부터

깃털 하나가 아래로 떠내려오는 것처럼.

마을의 불빛들이

비와 안개 속에서 반짝이는 걸 보니

내 영혼으로 억누를 수 없는

어떤 슬픔이 나를 뒤덮네.

---

50 포 당대의 미국 시인 헨리 워즈워스 롱펠로는 여러 시인들의 시 50편을 묶어《떠돌이》(1845)라는 시선집을 냈고 시집의 서문으로 시를 붙였다.

고통과는 닮지 않았고

안개가 비를 닮은 것처럼

오직 비애와만 닮은

슬픔과 그리움의 감정이.

와서 내게 무슨 시를 읽어주오

이 불안한 감정 달래주고

낮의 일상에 대한 생각들 물리쳐줄

무슨 소박하고 마음에 사무치는 짧은 시를.

시간의 회랑을 따라

먼 발자국 소리를 메아리치는

그 위대한 옛 거장들의 시 말고

그 숭고한 음유 시인들의 시도 말고.

왜냐하면 그들의 힘찬 생각들은

마치 군악의 선율처럼

삶의 끝없는 노역과 노력을 암시하는데

나는 오늘 밤 쉬기를 갈망하기에.

어느 더 소박한 시인의 시를 읽어주오

그의 마음으로부터 솟아나오는 노래를.

마치 여름 구름들에서 생기는 소나기처럼

눈꺼풀로부터 시작되는 눈물 같은 시를.

긴 노동의 낮들과

안락 없는 밤들 속에서도

여전히 그 영혼은 경이로운 멜로디를 듣는

그런 시인의 시를.

그러한 노래는

근심으로 불안한 맥박을

진정시키는 힘이 있고

기도에 뒤따르는 은총같이 들려오나니.

자, 그 소중히 간직된 책에서

그대가 선택한 시를 읽어주오.

그리고 시인의 운율에

그대 목소리의 아름다움을 빌려주오.

그러면 밤은 음악으로 가득 찰 것이고

낮을 오염시킨 근심들은

유목하는 아랍인들처럼 자신의 천막을 접고

그렇게 고요히 떠나갈 것이니.

이 시는 대단한 상상력은 보여주지 않아도 그 표현의 섬세함 때문에 정당하게 사랑받아왔지요. 몇몇 이미지는 매우 효과적인데 그 어떤 것도 다음의 이미지보다 더 좋을 수는 없을 겁니다.

시간의 회랑을 따라

먼 발자국 소리를 메아리치는

[……] 그 숭고한 음유 시인들

마지막 4행 연구의 관념 또한 매우 효과적입니다. 그러나 이 시는 전체적으로, 보격에 대한 그 우아한 무관심이 그 정서의 특징과 잘 어울리기 때문에, 그래서 특히 전반적인 형식의 **편안함** 때문에 주로 사랑받아온 것입니다. 문학적 스타일에서 이 '편안함' 혹은 자연스러움은 오랫동안 그저 외형적인 편안함으로—참으로 어려운 성취의 경지로—간주되어왔는데요. 그러나 그렇지가 않습니다. 자연스러운 형식은 그 양식을 결코 시도해보지 않은 사람들, 즉 부자연스러운 형식을 구사하는 사람들에게만 어렵습니다. 그저 창작에서 어조란 항상 대중이 받아들일 어조여야 한다는 것, 그리고 경우에 따라 물론 끊임없이 변화를 주어야 한다는 것을 이해하고 혹은 그런 직관으로 쓰기만 하면 그 결과로 이러한 자연스러움이 나올 따름입니다. 시인이 《북아메리카 리뷰》 스타일에 맞추느라 모든 경우에 그저 '고요해야'만 한다면, 불가피하게 그런 시인의 시는 많은 경우에 그저 실없거나 어리석은 게 되고 말 것입니다. 따라서 설사 그런 시인의 시가 '편안하거나' '자연스러운' 것으로 간주될 권리가 있다 해도 그건 '런던 토박이풍의 고급 멋쟁이'나 '밀랍 전시관에 놓인 잠자는 미녀'를 자연스럽다고 칠 수 있는 이상은 아닐 것입니다.[51]

브라이언트[52]의 마이너 시들 중 〈유월〉이라는 시만큼 내게 큰 감동을 준 시도 없습니다. 그 시의 일부분만 여기 인용해보겠습니다.

> 그곳에는 긴긴 여름 동안
> 황금색 빛이 있어야만 한다.
> 굵은 어린 약초와 여러 무리의 꽃들이
> 아름다운 모습으로 그 옆에 서 있어야 한다.

---

[51] 두 비유 모두 자연스럽지 않은 것의 예이다.

[52] 19세기 미국 시인 윌리엄 컬런 브라이언트.

꾀꼬리는 내 작은 방 가까이에서

제 사랑 이야기를 지어내고

한가한 나비는

그곳에서 쉬어야 하며

일벌과 벌새 울음이 들려야 한다.

만약 마을로부터 온 어떤 흥겨운 외침들이

정오에 도달한다면 혹은

처녀들의 노래가 달 아래 요정들의 웃음과 뒤섞여

찾아온다면 어떻게 될까?

만약 약혼한 연인들이

저녁 빛 받으며 내 나지막한 묘비가

보이는 곳에서 거닌다면 어떻게 될까?

무덤 주변의 그 사랑스러운 장면이여,

그보다 더 슬픈 장면이나 소리를 알지 못하길.

나는 안다―나는 안다―그 계절의 찬란한 징후를

내가 보지 못하리라는 걸.

그 계절의 가장 밝은 빛도 그 분방한 음악도

내게로 흐르지 않으리라는 걸.

그러나 만약 내가 잠든 곳 주위로

내 사랑하는 친구들이 와서 울기라도 한다면,

어쩌면 그들은 서둘러 가지는 않으리.

부드러운 공기와 노래 그리고 빛과 꽃이

그들을 내 무덤 곁에 서성거리게 할 터이니.

이러한 것들이 그들의 부드러워진 마음에

과거에 대한 회상을 불러일으키고

그 광경의 기쁨을 함께할 수 없는

한 사람에 대하여 이야기해줄 터이니.

그 여름 언덕의 둥근 능선을 채우고 있는

그 모든 화려함 속에서 그 사람의 역할은

그의 무덤이 초록으로 푸르다는 그것.

그래서 그의 살아 있는 목소리를 다시 듣고

그들의 마음은 마음 깊이 기뻐하리라.

이 시에서의 리드미컬한 흐름은 관능적이기까지 하지요. 무엇
도 이보다 더 운율적일 수가 없습니다. 이 시는 항상 나에게 상당
한 정도로 영향을 미쳐왔습니다. 시인이 자기 무덤에 대해 표면적
으로 쾌활하게 말하는 모든 대목에까지 짙은 우울이 필연적으로

차오르는 듯하여 우리의 영혼은 전율하게 되고, 그 전율 안에는 영혼의 가장 참된 시적 고양이 있습니다. 그리하여 우리가 갖게 되는 인상은 가장 기분 좋은 슬픔 중 하나이지요. 그리고 내가 소개할 나머지 작품들에서 다소간 이와 유사한 어조가 명백히 보인다면, 다음과 같은 것을 상기해주기 바랍니다. (어떻게, 왜, 우리가 그것을 아는지는 모르지만) 이러한 특정한 슬픔의 기운은 진정한 '아름다움'의 모든 고급한 표명과 불가분의 관계에 있다는 것을 말입니다. 그 기운은 그럼에도 불구하고,

> 고통과는 닮지 않았고
> 안개가 비를 닮은 것처럼
> 오직 비애와만 닮은
> 슬픔과 그리움의 감정이지요.

내가 말하는 슬픔의 기운은 찬란함과 활기로 충만한 에드워드 코트 핑크니[53]의 〈건강〉과 같은 시에서조차도 분명하게 인식이 가능합니다.

---

53   26세에 요절한 19세기의 미국 시인. 포는 그의 시들을 매우 높이 평가해 여러 강연에서 인용했다.

사랑스러움으로만 만들어진

한 사람을 위해 나 이 잔을 채우노라

부드러운 여성성의

완벽한 전형인 듯한 한 여성을 위해.

더 나은 요소들과 다정한 별들이

그녀에게 너무도 아름다운 형태를 부여하여

마치 공기가 그런 것처럼, 대지의 요소보다

천상의 요소가 더 많은 그녀를 위해.

그녀의 모든 어조는 음악의 음색이어라

마치 아침의 새들이 내는 곡조처럼.

또한 멜로디보다 더한 무엇이

그녀의 말에 항상 깃들어 있네.

그 말들은 그녀 마음이 만들어낸 것

한마디 한마디 그녀 입술로부터 나오네.

그건 마치 꽃가루를 잔뜩 묻힌 벌이

장미 밖으로 나오는 것 보는 것 같아라.

그녀에게 애정은, 그녀의 생각과 마찬가지로

그녀의 시간의 박자이어라.

그녀의 감정들은 어린 꽃의

향기와 신선함을 가졌네.

사랑스러운 열정들은 종종 변화하면서

그렇게 그녀를 채워주니,

그녀는 번갈아 나타나는 그 열정들의 환영으로 보이네.

지나간 세월의 우상으로 보이네!

그녀의 환한 얼굴을 한 번 흘끗 보면

두뇌 속 하나의 그림을 더듬게 되리.

메아리치는 심장들 안에

그녀 목소리의 음향 오래도록 남으리.

그러나 기억은—그녀에 대한 나의 기억처럼

너무나 많은 것을 소중하게 만드나니,

죽음이 가까운 때에 내 마지막 한숨은

삶에게 바치는 게 아니라 그녀에게 바치는 것이리라.

나는 이 잔을 사랑스러움으로만 만들어진

한 사람을 위해 채웠노라.

부드러운 여성성의

전형인 듯한 한 여성을 위해.

그녀의 건강을 위해! 만약 지상에

그녀 모습 같은 이들 더 있다면 좋으리.

그러면 삶은 아마도 온통 시일 테고

권태는 하나의 이름에 불과하리.

핑크니 씨가 그토록 먼 남쪽 지방에서 태어난 것은 불행한 일입니다. 오랫동안 《북아메리카 리뷰》라는 것을 주도하면서 미국 문학의 운명을 좌지우지해온 관대한 문학 계파는 만약 핑크니 씨가 뉴잉글랜드인이기만 했다면 아마도 그를 미국 최고의 서정시인으로 자리매김했을 겁니다. 방금 인용된 시는 특히 아름답습니다. 그러나 우리는 그 시가 유도하는 시적인 고양이 주로 시인의 열정에 대한 우리 자신의 공감에서 기인하는 것으로 보아야 합니다. 그래서 우리는 그의 과장을 용인하는데 그건 그 과장을 내뱉는 명백한 진지함 때문인 것입니다.

그러나 나의 기획은 내가 읽어주는 작품들의 **탁월함**을 자세히 설명하는 것이 결코 아닙니다. 그 탁월함의 명백한 증거는 필연적으로 그 작품들 자신입니다. 보칼리니는 《파르나소스 산로부터의 소식들》[54]에서, 조일로스가 한번은 매우 감탄할 만한 책에 대한 자신의 매우 신랄한 비판을 아폴론에게 바쳤다는 이야기를 우리에게 해줍니다. 아폴론이 조일로스에게 그 작품의 아름다운 점들에 대한 설명을 요구하자, 조일로스는 자기는 오로지 오류들을 찾는 데 바빴다고 대답하지요. 이 말을 듣고 아폴론은 그에게 대가로 키질되지 않은 한 포대의 밀을 주면서 **모든 왕겨**를 골라내라고 명령했습니다.

지금 이 우화는 비평가들에 대한 하나의 일격으로써 매우 효과적입니다. 그러나 나는 아폴론이 옳았는지는 결코 확신할 수 없습니다. 나는 이 우화에서 비평적 의무의 진정한 한계가 심하게 오해되었다고밖에 볼 수가 없습니다. 탁월함이란, 특히 시의 탁월함이란, 우리가 하나의 금언을 바라보는 관점으로 접근할 수 있을 겁니다. 금언이란 그저 적절하게 제시되기만 하면 자명한 것이 되지요. 그와 마찬가지로 만약 탁월함이라는 것이 증명을 필요로 하는 것이라면 그것은 탁월함이 아닙니다. 그러므로 한 예술 작품의 우수한 점들을 지나치게 세세하게 들먹이는 것은 실은 그것들이 전혀 우수한 점들이 아니라는 것을 인정하는 셈이 됩니다.

토머스 무어의 《멜로디》에 포함된 시들에는 엄격한 의미로 시에 속하는 특징이 있는데도 유독 주목받지 못한 시가 한 편 있습니

---

54 이탈리아의 풍자가 트라야노 보칼리니의 1612년 저작으로, 아폴론 신이 사는 파르나소스 산을 배경으로 일어나는 허구적인 사건과 대화들을 알레고리로 하여 당대 이탈리아의 정치와 문단을 풍자했다. 여기 등장하는 조일로스는 고대 그리스의 철학자이자 문법학자, 문학비평가이다.

다. 나는 "와서 이 가슴에서 쉬어라"로 시작하는 시를 말하는 것입니다. 그 표현의 강렬한 에너지는 바이런의 시에 있는 그 어떤 것에도 뒤지지 않습니다. 이 시에는 사랑의 신성한 열정의 모든 것을 한꺼번에 구현하는 정서가 실린 두 행이 포함되어 있습니다. 그 두 행에는 아마도 말로 구현된 단일한 정서 중 가장 많은 사람들의 마음속에, 그리고 가장 열정적인 사람들의 마음속에 메아리쳐온 그런 정서가 실려 있습니다.

> 와서 이 가슴에서 쉬어라, 마음 괴로운 나의 사슴이여
> 비록 무리들이 그대로부터 달아나버렸지만 그대 집은 여전히 여기여라.
> 어떤 구름으로도 뒤덮을 수 없는 미소가 여기 여전히 있네.
> 그리고 최후까지 그대만의 것인 마음과 손이 있네.

> 오! 왜 사랑이 창조되었나, 만약 즐거울 때나 괴로울 때나,
> 영광스러울 때나 수치스러울 때나 사랑이 한결같지 않을 것이면?
> 나는 모른다, 나는 묻지 않는다, 죄책감이 그 마음 안에 있는지
> 내가 아는 건 단지 내가 그대를 사랑한다는 것, 그대가 어떤 존재이건 간에.

행복한 순간들에 그대는 나를 그대의 천사라 불렀네.

그러니 나 그대의 천사가 되리라, 이 공포의 가운데에서도―

그 용광로를 통과하면서 움츠리지 않고 그대의 발걸음을 좇아

그대를 보호하고 구원하기 위해―혹은 거기에서 또한 죽기 위해!

무어가 공상―콜리지에서 유래한 하나의 구분으로서의 공상[55] ―
의 힘을 가졌다고 인정하는 반면 그의 상상력을 부정하는 것이 최
근의 유행이 되어왔습니다. 무어의 위대한 힘을 콜리지보다 더 온
전히 이해할 사람도 없을 터인데요. 사실은 무어의 경우 공상이 그
의 다른 모든 재능들보다 훨씬 두드러지고, 또 그의 공상은 다른
누구의 공상보다도 더 뛰어나다 보니 자연히 그가 공상적이기만 하
다는 평가를 받게 된 것입니다. 그러나 그런 평가보다 더 큰 실수도
없을 겁니다. 다시 말해 진정한 시인의 명성이 무어의 경우보다 더
심하게 부당한 대접을 받은 경우도 없을 겁니다. 나는 영어로 쓰인
시 중에서 "그 희미한 호숫가에 내가 있을 수 있다면"으로 시작하
는 시보다 더 심오하고, 최상의 의미로 더 기묘하게 상상력이 풍부
한 시를 떠올릴 수가 없는데, 그 시가 토머스 무어의 작품입니다.

---

55   19세기 영국의 낭만주의 시인 새뮤얼 콜리지가 《문학적 자서전》에서 공상과 상
     상력을 구분한 것을 의미한다.

그 시를 내가 다 기억해낼 수가 없어서 유감스럽군요.

현대 시인들 중 가장 고상한 시인 중 한 명이자—그리고 공상에 대해 말이 나온 김에 말하자면—가장 두드러지게 공상적인 시인 중 한 명이 토머스 후드[56]입니다. 나는 그가 쓴 〈아름다운 이네스〉에 언제나 이루 다 표현할 수 없는 매력을 느낍니다.

오 당신은 아름다운 이네스를 보지 못했나?

그녀가 서쪽으로 가버렸네.

태양이 질 때 그녀는 모든 것을 눈부시게 하고는

세상으로부터 휴식을 앗아 가네.

그녀는 우리의 대낮을 함께 데려가버렸네.

우리가 가장 사랑한 미소를

그녀 뺨의 아침 홍조와 함께

그녀 가슴의 진주와 함께 데려가버렸네.

오 돌아오라 아름다운 이네스여

밤의 장막이 내려오기 전에 오라

그대 없이 달이 홀로 빛나지 않도록

56   19세기 영국 시인 토머스 후드.

별들이 경쟁자 없이 빛나지 않도록.

그대의 빛 아래 걷고 그대 뺨 가까이에서

내가 감히 글로 표현하지도 못하는

그 사랑을 들이마시는 연인은

축복받으리라!

아름다운 이네스여

내가 그대 곁에서 그렇게 유쾌하게 말달리고

그토록 가까이에서 그대에게 속삭이는

그 용감한 기사였더라면 좋으련만!

그의 집에는 건강한 귀부인들이 없었던가,

진정한 연인들이 여기에는 없었나,

그래서 그는 세상에서 가장 소중한 존재를 얻으려고

바다를 건너야 했나?

사랑스러운 이네스여, 나는 그대가

바닷가를 따라 내려가는 것을 보았네

여러 무리의 귀족 신사들과 함께

예전에 흔들었던 깃발과 함께

젊은 신사들과 유쾌한 처녀들

그리고 그들이 달고 있는 눈같이 하얀 깃털과 함께.

그저 그뿐이었다 해도

그건 여전히 아름다운 꿈이었을 거요!

아 슬퍼라, 슬퍼라, 아름다운 이네스여,

그녀는 노래와 함께 가버렸네.

그녀의 발걸음에 반주 맞추는 음악과 함께

그 군중의 환호성과 함께.

그러나 어떤 이들은 슬퍼서 흥겨움도 느끼지 못했네

그러나 그건 오로지 음악의 문제였네

당신이 오랫동안 사랑한 그녀에게

안녕, 안녕 작별하는 노래처럼 들리는 음악이었네.

안녕, 안녕, 아름다운 이네스여,

저 배는 갑판 위에 그토록 아름다운 숙녀를

태운 적 없었다네. 그 갑판에서는 이전에

누구도 그토록 가볍게 춤춘 적 없었네.

아 슬프다, 바다 위에는 즐거움이

기슭에는 슬픔이 있으니!

연인 한 명의 가슴을 축복해준 그 미소가

더 많은 가슴을 비탄에 빠뜨렸으니!

같은 작가의 〈유령이 출몰하는 집〉은 지금까지 쓰인 가장 참된 시들 중 하나입니다. 즉 이 시는 주제와 솜씨 둘 다의 측면에서 가장 참된 시 중 하나이고, 가장 나무랄 데 없고 가장 온전하게 예술적인 시들 중 하나입니다. 더군다나 이 시는 강력하게 초현실적인데, 다시 말해 상상력이 풍부합니다. 시의 길이가 이 강연의 목적에 적절하지 않은 것이 유감이군요. 대신 널리 감상되는 〈한숨의 다리〉를 제시하도록 허락해주시기 바랍니다.

또 다른 불운이,
무모하게 끈덕진
호흡에 지쳐,
그녀의 죽음에게로 갔네!

그녀를 부드럽게 거두시오.
그녀를 조심스레 들어 올리시오.
그토록 가녀린 체구에
젊고 그토록 아름다운 모습!

그녀의 옷이 수의처럼

붙어 있는 것을 보시오.

파도가 그녀의 옷으로부터

끊임없이 방울방울 떨어지는 동안

그녀를 즉시 들어 올리시오

사랑하는 마음으로, 혐오스러워하지 말고.

그녀를 조롱하듯 만지지 마오.

애도하면서 그녀를 생각하시오.

부드럽게 인간답게.

그녀의 오점들을 생각하지 마오

그녀가 남긴 몸은

이제 순수하게 여성적이니.

그녀의 성급하고 배은망덕한

반란에 대해

심층 조사도 하지 마오.

모든 불명예를 지나

죽음은 오로지 아름다운 것만

그녀 위에 남겨놓았으니.

모든 허물에도 불구하고

여전히 이브의 가족 중 한 명인 그녀.

너무나 차갑고 진득하게 물 새어 나오는

그녀의 그 가여운 입술을 닦아주오.

머리장식 빗 떨어져 나간

그녀의 머리칼이 늘어지네

아름다운 다갈색 머리칼이 늘어지네

그녀의 집이 어디였나

호기심으로 추측을 하는 동안.

누가 그녀의 아버지오?

누가 그녀의 어머니오?

그녀는 자매가 있었소?

그녀는 형제가 있었소?

혹은 훨씬 더 소중한 사람이 있었소?

다른 모든 사람들보다 훨씬 더

가까운 사람이 있었소?

아 슬프다! 태양 아래

기독교인의 자비가

그렇게 드물다니!

오! 가엾어라!

집으로 가득 찬 온 도시 근처에

그녀에게는 집도 없어라.

자매 같고 형제 같고

아버지 같고 어머니 같은

감정들이 변해버렸네.

가혹한 증거에 의해

그 고귀한 자리 잃고 내던져진 사랑이여,

신의 섭리조차

소원해진 듯하여라.

강에서 아주 멀리 떨어진 곳

다락방과 지하실에 이르기까지

창으로부터 나오는

많은 불빛들과 함께

램프가 떨고 있는 곳에서

밤이면 그녀는 어쩔 줄 몰라하며

집도 없이 서 있었네.

삼월의 그 황량한 바람은

그녀를 떨게 하고 오한 들게 했지만

그 어두운 둥근 지붕은

혹은 그 검게 흐르는 강은 그러지 않았네.

삶의 역사에 화가 났지만

죽음의 신비에 기뻐하며,

이 세계를 벗어난

어디로든, 어디로든!

속히 내던져지려고.

그녀는 대담하게 뛰어들었네

그 거친 강이 아무리

차갑게 흘렀어도—

그 강 가장자리 위로.

그 강을 상상하라—그 강을 생각하라

방종한 남자들이여!

그 강에 목욕하라, 그 강물을 마시라

그 강을 상상한 후 그럴 수 있다면!

그녀를 부드러이 들어 올리시오.

그녀를 조심스레 들어 올리시오.

그토록 가녀리고

젊고, 너무도 아름다운 그녀!

그녀의 팔다리가 차갑게

지나치게 뻣뻣하게 굳기 전에

예의 바르게, 친절하게

그녀의 사지를 부드럽게 모으시오

그리고 그녀의 눈을 감겨주오.

그토록 눈이 먼 채 쳐다보는 눈을!

그 대담한 마지막 절망의 시선이

저승에 고정된 그 순간처럼

진흙 묻은 불순물들 사이로

무섭게 쳐다보는

저 눈을 감겨주오.

모욕과 차가운 비인간성에 내몰려

불타오르는 광기에 내몰려

우울하게

휴식 속으로

소멸해가는 그녀—

그녀의 손을 그녀의 가슴 위에

겸손하게 겹쳐놓으시오.

마치 말없이 기도하는 것처럼!

마치 그녀의 약함과

그녀의 악한 행동을 인정하고

온순히 그녀의 죄를

그녀의 구세주에게로 맡기는 모습처럼!

　이 시의 활력은 이 시의 비애감 못지않게 주목할 만합니다. 이 시의 운문 형식은 공상을 거의 환상의 언저리에 이르게 하긴 해도 격렬한 광기라고 하는 이 시의 주제에 경탄할 만큼 잘 어울리도록 만들어진 시형입니다.

　또한 바이런의 마이너 시들 중에 의심할 여지 없이 찬사를 받아 마땅한데도 비평가들로부터 찬사를 받은 적이 없는 시가 있습니다.

내 운명의 날이 저물고

내 운명의 별이 기울었지만

그대 부드러운 마음은 수많은 이에게는

보일 내 결함을 발견하려 하지 않았네.

그대 영혼은 내 슬픔을 알고 있었지만

나와 내 슬픔을 나누길 피하지 않았지.

내 영혼이 색칠한 사랑을

내 영혼은 **그대** 안에서만 발견하였네.

자연이 내 주위로 미소 짓고 있는 때에

나의 미소에 답해주는 자연의 마지막 미소가

나를 속이는 것이라 믿지 않으리

왜냐하면 그것은 그대의 미소를 떠올리기에.

그리고 내가 믿었던 가슴들이 나와 전쟁을 벌인 것처럼

바람이 대양과 전쟁을 벌일 때,

만약 그 큰 파도가 나의 감정을 흥분시킨다면

그건 파도가 나를 싣고 그대로부터 멀리 떼어놓기 때문이네.

비록 내 마지막 희망의 바위가 흔들리고

그 파편이 파도에 가라앉아도,

비록 내 영혼이 고통에게 포로로 넘겨진 듯 느낀다 해도,

내 영혼이 고통의 노예가 되지는 않으리.

나를 따라오는 수많은 격통이 있네

그들은 나를 부술지 모르나 나를 경멸하지는 못하리.

그들은 나를 고문할지 모르나 나를 굴복시키지는 못하리.

내가 생각하는 것은 **그대**이지 그들이 아니기에.

비록 인간이지만 그대는 나를 속이지 않았고

여성이지만 그대는 나를 버리지 않았고

사랑받았지만 그대는 함부로 나를 슬프게 하는 것 삼갔고

모략을 당했어도 결코 흔들리지 않았고

신뢰를 받았어도 나와의 관계를 포기하지 않았고

헤어졌지만 도망간 것이 아니었고,

주의 깊게 나를 지켜보았지만 나를 모욕하기 위한 게 아니었고

침묵하지도 않았네, 세상이 나에 대해 잘못 전할지 모르니.

그러나 나는 세상을 탓하지도 경멸하지도 않네.

다수가 한 개인과 싸우는 전쟁도 경멸하지 않네

만약 내 영혼이 세상을 상으로 얻기에 적합하지 않았다면

더 일찍 세상을 피하지 않은 것이 어리석었을 뿐.

그런 어리석음이 내가 한때 예견한 것보다

더 많은 대가를 나에게 요구했다 해도

나는 알았네, 내가 무엇을 잃게 되건

그 어리석음이 내게서 그대를 빼앗을 수 없었다는 것을.

사라져버린 과거의 파멸로부터

적어도 이 정도는 떠올릴 수 있네.

내 가장 소중히 마음에 품은 것이 마땅히

세상에서 가장 귀중한 것임을 나는 배웠네.

사막에서 한 샘물이 솟아나고 있네.

그 광대한 황무지에 여전히 나무가 있고

새 한 마리가 고독하게 노래하네

나의 영혼에게 그대에 대해 얘기해주는 새 한 마리가.

이 시의 리듬은 가장 어려운 리듬 중 하나이지만, 운문 시형은 거의 더 좋아질 수 없을 정도로 훌륭합니다. 또한 시인의 펜이 이보다 더 고귀한 주제에 몰두한 적도 없을 겁니다. 역경 속에서도 여전히 여인의 흔들리지 않는 사랑을 받고 있다면 그 어떤 남자도 운명을 불평할 자격이 없다는 생각은 영혼을 고양시키는 주제이지요.

앨프리드 테니슨의 작품 중에서는—비록 내가 충심으로 테니슨을 이 세상에 존재한 시인 중 가장 고결한 시인으로 간주하지만—매우 짧은 시 한 편만 인용하겠습니다. 내가 테니슨을 시인들 중 가장 고결한 시인이라고 부르고 또 그렇게 생각하는 이유는 그가 만들어내는 인상들이 항상 심오하기 때문도 아니고, 그가 불러일으키는 시적 흥분이 항상 가장 강렬하기 때문도 아닙니다. 그 이유는 그가 불러일으키는 시적 흥분이 항상 가장 영묘하기 때문이고, 달리 말하면 가장 영혼을 고양시키고 가장 순수하기 때문입니다. 테니슨만큼 그렇게 지상의 것, 세속적인 것과 거리가 먼 시인도 없을 것입니다. 지금 내가 읽으려고 하는 작품은 그의 마지막 장시 〈공주〉에서 가져온 것입니다.

눈물이여, 까닭 없이 흐르는 속절없는 눈물이여,
행복한 가을 들판들을 바라보노라면
더 이상 존재하지 않는 날들을 생각하노라면
어느 성스러운 절망의 심연으로부터
가슴으로 차올라와 눈에 그득 고이는 눈물이여.

우리의 벗들을 지하계로부터 데리고 오는 돛대,
그 위에 반짝이는 아침의 첫 햇살처럼 신선하여라.
우리가 사랑한 모든 것과 함께 수평선 아래로 가라앉는 한 돛대,
그 위로 붉어지는 마지막 햇살처럼 슬퍼라.
너무나 슬프고 너무나 신선한 가버린 날들이여.

아 슬프고 낯설어라, 여름날 어두운 새벽

죽어가는 눈에 서서히 창이 가물거리는

사각형이 되어갈 때, 죽어가는 귀에 들리는

갓 반쯤 잠깬 새들의 가장 이른 지저귐처럼

너무나 슬프고 너무나 낯선 가버린 날들이여.

죽은 후에 기억되는 입맞춤들처럼 소중하여라,

다른 이들을 위한 이슬 위에 희망 없는 환상이

꾸며내는 입맞춤들처럼 달콤하여라, 사랑처럼 깊어라,

첫사랑처럼 깊어라, 그리고 모든 후회처럼 격렬하여라,

오 삶 속의 죽음이여, 가버린 날들이여.

비록 겉핥기의 불완전한 방식이지만, 나는 이런 식으로 '시의 원리'에 대한 나의 개념을 전달하려 해보았습니다. 나의 목적은 시의 원리 자체가 준엄하고도 소박하게 '천상의 미를 향한 인간의 갈망'이되 그 원리의 표명은 언제나, '마음'의 도취인 열정이나 '이성'의 만족인 '진리'로부터 상당히 독립되어 있는, 영혼을 고양시키는 **흥분** 속에서 발견된다는 주장을 하는 것이었습니다. '열정'의 경우는 슬프게도! 영혼을 고양시키기보다 격을 떨어뜨리는 경향이 있지요.

반대로 '사랑'—그 진실하고 성스러운 에로스이자, 디오네의 비너스와 구분되는 우라니아의 비너스[57]—은 의심할 여지 없이 모든 시적인 주제들 중 가장 순수하고 가장 진실됩니다. 그리고 '진리'에 관해서 말하자면, 어떤 진리에 도달함으로써 이전에 아무것도 분명하지 않았던 영역에 조화가 생긴 것을 깨닫는다면, 그건 분명 진정한 시적 효과 또한 동시에 경험하는 셈이지요. 그러나 그 효과는 오로지 그 조화에서 나온 것이지 그 조화가 나타나도록 도왔을 뿐인 진리에서 생겨난 건 전혀 아닙니다.

그러나 진정한 '시'란 무엇인지에 대한 명료한 개념에 보다 직접적으로 도달하려면 그저 시인의 내면에 시적 효과를 불러일으키는 소박한 것들을 몇몇 언급하기만 해도 될 것입니다. 시인은 하늘에서 빛나는 밝은 천체들에서—꽃 모양의 소용돌이 성운 속에서—나지막한 관목들 무리 속에서—물결치는 논들에서—키 큰 동쪽 지방 나무들의 휘어짐에서—푸르스름하게 멀리 보이는 산들에서—무리를 짓는 구름들에서—반쯤 숨겨진 개울물의 반짝임에서—은빛 강물들의 환한 빛에서—외떨어진 호수의 정적에서—별을 반사하는 외로운 샘물의 심연에서, 시인 자신에게 영혼의 양식

---

57 그리스 신화에서 우라니아는 하늘을 상징하는 여신이자 아프로디테(로마 신화의 비너스)의 별칭으로 사용된다. 디오네는 아프로디테의 어머니이다.

이 되는 천상의 암브로시아[58]를 인식합니다. 새들의 노래에서―아이올로스[59]의 하프에서―밤바람의 한숨에서―숲이 한탄하는 소리에서―해변에게 불평하는 흰 파도에서―숲의 신선한 숨결 속에서―바이올렛의 향기에서―히아신스의 관능적인 향기에서―광대하고 탐험되지 않은 희미한 대양 저 멀리 미지의 섬들로부터 저녁 물결을 타고 오는 은근한 향기 속에서, 시인은 그것을 인식합니다. 시인은 모든 고결한 생각들 안에서―모든 세속적이지 않은 동기들 안에서―모든 성스러운 충동 안에서―모든 기사도적이고 관대하고 자기희생적인 행위들 속에서, 그 천상의 양식을 소유합니다. 여성의 아름다움에서―그 발걸음의 우아함에서―눈의 광채에서―목소리의 멜로디에서―그 웃음과 한숨 안에서―그녀의 예복이 바스락거리는 소리의 조화 속에서, 시인은 그 영혼의 양식을 느낍니다. 그녀의 매력적인 애정 표시들에서―타오르는 열정 속에서―부드럽고 자비로운 행동에서―온순하고 헌신적인 인내심에서 시인은 그것을 깊이 느낍니다. 그러나 무엇보다도―아, 무엇보다도 훨씬 더 중요한 것은, 그녀의 **사랑**에 대한 신념과 그녀의 사랑의 순수함과 힘, 그리고 그 사랑의 총체적인 성스러움과 장엄함 속에서 시인

---

58   그리스 로마 신화에 나오는 신들의 음식.
59   그리스 신화에 나오는 바람의 신.

은 천상의 양식을 느끼고 그 앞에 무릎을 꿇고 그것을 숭배합니다.

나는 또 다른 짧은 시 한 편을—이전에 인용한 어느 것과도 성격이 매우 다른 시 한 편을—읊으면서 마무리를 지으려 합니다. 시인은 머더웰[60]이고 시의 제목은 〈기사의 노래〉입니다. 우리는 전쟁의 부조리함과 불경함에 대해 전적으로 합리적인 현대 관념을 갖고 있기 때문에, 우리의 사고 경향은 이 시의 정서에 공감하여 그 참된 탁월함을 음미하기에는 그리 적합하지 않습니다. 그런 충분한 감상을 하기 위해서는 상상 속에서 우리 스스로를 옛 기사의 영혼과 동일시해야만 할 겁니다.

> 말에 올라타라! 말에 올라타라, 용감한 기사들이여 모두!
> 그리고 그대의 투구를 힘껏 쓰라,
> 죽음의 수행원인 명성과 명예여,
> 우리를 다시 전장으로 불러내라.
> 칼자루가 그대 손에 쥐어질 때
> 어떤 징징대는 눈물도 그대 눈을 채우지 않으리.
> 사랑 모르는 마음으로 우리는 떠나리, 조금치라도
> 나라에서 가장 아름다운 이를 위해 한숨 쉬지 않으리.

60   당대 인기 있었던 스코틀랜드 시인 윌리엄 머더웰.

피리 같은 목소리의 애인과 겁쟁이들이나

그리 슬피 울고 훌쩍이게 하라.

우리의 일은 남자로서 싸우고

영웅처럼 죽는 것이니!

비평가들과 비평에 대하여

우리의 가장 분석적인 비평가는 《분석가》의 저자 윌리엄 A. 존스[61] 씨이다. 물론 (아마도 위플[62] 씨를 제외해야 할지 모르기에) 최고의 비평가는 아닐지라도 말이다. 그가 더 세세하게 논하는 긴 비평을 시도한다면 어떤 식으로 쓸지는 말할 수 없으나, 작가들에 대한 그의 요약적인 평가를 담은 짧은 글들은 대체로 식별력이 있고 심오하다. 사실 문예지 《아르크투루스》에 게재된 에머슨[63]과 매콜리[64]에 대한 그의 논문은 단순히 '심오한' 정도 이상이다—우리가 '심오한'이라는 단어를 현재의 세속적인 의미로 쓴다면 말이다. 그

---

61   19세기 미국의 비평가 윌리엄 앨프리드 존스.

62   19세기 미국의 수필가이자 비평가 에드윈 퍼시 위플.

63   19세기 미국 시인 랄프 왈도 에머슨.

64   19세기 영국의 역사가, 정치인, 서평가인 토머스 배빙턴 매콜리.

논문들은 날카롭고 명료하고 정당해서 짧은 요약적 비평으로는 더 바랄 나위가 없을 정도이다.

위플 씨의 경우는 《제인 에어》에 대한 그의 비판이 보여주듯이 존스 씨보다 덜 분석적이고 덜 솔직하다. 그러나 아름다움에 대한 감수성 면에서는 존스 씨를 능가하기 때문에 더 나은 '시' 비평가이다. 나는 송덕문頌德文[65] 종류로는 테니슨에 대한 그의 글보다 더 훌륭한 글을 읽은 적이 없다. 내가 "송덕문"이라고 말했는데, 그 이유는 지금 내가 말하는 그의 에세이가 불행하게도 거의 송덕문을 넘어서지 못하기 때문이다. 그리고 배럿 양[66]에 대한 위플 씨의 논문도 송덕문 이상이 아니다. 그는 존스 씨보다 식별력이 덜하고 비평적 직무를 수행하는 데 감각이 더 둔하다. 사실 그는 그 공허하고 뻔한 유산인 보즈웰주의[67] 비평의 상투적인 유행어구에 줄곧 물들어 있다. 우리는 보즈웰주의 비평 덕택에 작가들의 모든 결점

---

65 죽은 사람의 덕을 기리는 애도문을 말하지만, 여기서 포는 찬사 일색인 비평문을 꼬집는 말로 사용하고 있다.

66 당대 큰 인기를 누린 영국 시인 엘리자베스 배럿 브라우닝. 동료 시인 로버트 브라우닝과 결혼해 기혼이었지만, 결혼 전부터 시인으로 유명했기에 '배럿 양'으로 불렸다.

67 18세기 스코틀랜드의 전기傳記 작가 제임스 보즈웰의 이름에서 만들어진 용어. 새뮤얼 존슨의 전기로 유명하다. 보즈웰주의는 흔히, 자신이 다루는 인물에 대해 무조건적인 찬사를 보내고 그 인물을 충실히 묘사하느라 온갖 내용을 무차별적으로 세세하게 다루는 것을 의미한다.

에 눈을 꼭 감아야만 하고 작가들의 모든 장점에는 부엉이처럼 눈을 떠야 한다. 그런 방식으로 쓰인 논문들은 마치 건방진 안내인도 자기 나름대로는 좋은 안내인인 것처럼 그들 나름대로는 좋은 논문인지 몰라도, 논문이건 안내인이건 그들 나름의 방식이란 것이 두 경우 다 여전히 의미 있는 종류는 아닐 것이다.

보칼리니는 그의 《파르나소스 산으로부터의 소식들》에서 조일로스가 아폴론 신에게 매우 훌륭한 시에 대한 신랄한 서평을 제시한 일화를 들려준다.[68] 아폴론이 그 시의 아름다움을 보여달라고 조일로스에게 요청하자 이 비평가는 자기는 오류들을 찾는 데에만 힘을 기울였다고 대답했다. 그러자 아폴론은, 그 비평가의 수고에 대한 대가로 그에게 키질되지 않은 한 포대의 밀을 주면서 모든 왕겨를 골라내라고 명령했다.

지금 이 우화는 비평가들에 대한 하나의 일격으로 매우 효과적이다. 그러나 나는 아폴론이 옳았다고는 결코 확신할 수가 없다. 사실 이 이야기에서는 엄격한 비평적 의무의 한계가 심하게 오해되었다. 물론 비평가란 때로는 단순한 논평자의 역할을 하도록 허용받긴 하고, 또 단지 독자의 흥미를 불러일으킬 목적으로 각각의 뛰어난 점을 최대한 미화하여 보여주도록 허락받긴 한다. 그러나

68   〈시의 원리〉에 같은 예시가 나온다.

다른 한편으로는 여전히 비평가의 **합당한** 작업은 결점들을 지적하고 분석함으로써 그 작품이 어떻게 개선될 수 있는지를 보여주는 것으로, 이는 개별 문학인에 대해 부당하게 주목하는 방식이 아니라 '문학' 일반의 존재 의의를 높이려는 작업이다. 간단히 말해서, 아름다움이란 금언을 바라보는 관점에서 고려되어야 한다. 금언은 그저 명료하게 **제시되기**만 하면 즉시 자명한 것이 된다. 만약 아름다운 것으로서 증명될 필요가 있는 것이라면 그것은 아름다움이 아니다. 그래서 작품의 훌륭한 점들을 지나치게 세세하게 지적하는 것은 그것들이 실은 온전히 훌륭하지는 **않**다는 것을 인정하는 셈이다.

내가 존스 씨와 위플 씨 둘 다 어느 정도는 매콜리의 모방자라고 말할 때, 내 말이 비방으로 이해되어야 한다는 의도는 없다. 매콜리의 비평 논문들의 문체 및 전반적인 글쓰기 방식은 거의 더 이상 좋아질 수 없을 정도로 훌륭하다. 매콜리의 방식을 "관습적"이라는 부른다면 터무니없이 부당할 것이다. 칼라일[69]은 관습적이다. 그건 그 자신만의 방식으로 관습적인 것을 말한다. 에머슨도 관습적인데 그는 자신의 방식에 칼라일의 방식이 더해진 형태로

---

69 19세기 영국의 역사가이자 사회평론가 토머스 칼라일. 빅토리아 시대의 가장 영향력 있는 인물 중 한 명으로 평가된다.

관습적이다. 풀러[70] 양도 관습적인데 그녀는 자기 방식과 에머슨 그리고 칼라일의 방식이 삼중으로 증류되어 농축된 관습성을 갖고 있다. 그런데 지금 여기에 사용된 "관습성"이라는 말은 거의 개인적인 행동에 대해 우리가 "허세 부림"이라고 이름 붙이는 것과 유사한 의미로 사용한 것으로, 이성이나 상식에 근거를 두지 않은 점잔 빼는 태도나 말버릇을 의미한다. 에머슨류와 알코트[71]류와 풀러류 작가들의 익살, 특유의 말버릇, 신탁같이 위엄 있는 짧은 언명들은 부활한 릴리[72]의 화려한 미사여구일 뿐이다. 진실로 매콜리 특유의 것들과는 다르다. 매콜리도 그 자신만의 습관적인 매너리즘이 있지만 우리는 그가 자신의 매너리즘 덕택에 의문의 여지 없는 최고 수준의 탁월함에 이른 것임을 안다. 즉 최고 수준의 명료성과 (그 명료성에 의존하는) 우아한 활력, 그리고 특히 빈틈없는 철저함을 말하는 것이다. 그의 짧은 문장들, 대조법, 억양의 조율, 클라이맥스 등 그가 하는 모든 것에 분명한 이유가 있음을 보여주는데에는 약간의 분석이면 충분하다. 그만큼 그의 방식은 그저 상식

---

70   19세기 초 미국의 저널리스트이자 비평가 마거릿 풀러. 미국 역사상 저널리즘 분야에서 활동한 최초의 전업 여성 비평가이다.

71   19세기 미국의 교육자이자 철학자인 아모스 브론슨 알코트. 에머슨과 함께 당대 초절주의 사상의 주요 인물이다.

72   16세기 영국 시인이자 극작가 존 릴리. 화려하고 장식적인 문체로 유명했다.

에 근거를 두고 정당화할 수 있는 그런 수사의 완성이다. 천재성은 결코 그런 수사의 도움을 끌어들이지 않는다고 말한다면 그건 그저 천재성 자체를 비난하는 셈이지 그 수사 자체를 불신하는 것이 되지는 않는다. 최고의 천재성은 표현 양식들의 도움으로 스스로를 드러내는 데에는 관심이 없다거나, 최고의 천재성은 그 '자연스러운 기술'을 지나치게 경멸하기에 그것을 활용하여 이익을 얻으려 하지 않는 법이라고 말한다면 허튼소리에 불과하다. 거친 다이아몬드가 본질적으로 가치가 있어도, 그럴수록 더 다듬으면 더 많은 이익이 붙는다는 건 자명하지 않는가.

이제 물리적으로 조금이건 많이건 매콜리의 수사가 지니는 명료함과 활력 등 그 본질적인 특징들을 손상시키지 않으면서 그 수사를 변형하는 것은 거의 불가능할 것이기 때문에 매콜리의 뒤를 잇는 비평가들은 진퇴양난의 딜레마에 빠질 수밖에 없다. 그들은 독창적이지만 힘이 없는 글을 쓸 것인가 아니면 모방에 불과하지만 힘이 있는 글을 쓸 것인가로 고민해야 하는 것이다. 이 경우에 모방은 '진리'와 '이성'을 따르는 것이되 그것들의 가치를 느끼는 누군가가 짚어낸 대로 따르는 것이고, '모방'의 이점들을 내던지고 오류 많은 독창성을 택하는 작가의 경우는 "스스로가 생각한 것만큼 그 자신이 그렇게 현명하지가 않다"[73]는 문제가 있으니 말이다.

그러나 매콜리의 탁월한 점들을 올바르게 알아차리면서도, 우리 비평가들이 추구해야 할 진정한 길은 그의 발자취를 온순하게 따라가는 데 만족하지 않고 매콜리가 걷는 길—그의 길이라기보다는 자연의 길—에서 그를 능가하려고 하는 것이다. 우리가 빠져서는 안 될 오류는 매콜리가 영국의 당대 다른 비평가들보다 (문체의 측면에서) 우수하다는 사실만으로 그를 완벽하다고 상상하는 것이다. 아마도 존스 씨가 그런 유의 생각에 사로잡혀 다음과 같이 썼던 모양이다.

매콜리의 스타일은 경탄할 만하다—다채롭고, 완벽하게 명료하며, 모든 장애로부터 자유롭고, 정확하게 영어적일 뿐 아니라 대조법을 가능한 한 가장 날카롭게 사용한다. 나는 사우디와 바이런[74]에 대해 그가 쓴 글 중 더 이상 좋아질 수 없을 만큼 완벽한 두 개의 단락에 주목했다. 하나는 사우디의 정치적 편향에 대한 날카로운 경구와도 같은 다음 문단이다.

"정부란 사우디 씨에게 예술들 중의 하나이다. 그는 이론이나 공적 조치, 종교, 정당, 평화나 전쟁에 대하여 판단할 때 사람들이 그

---

73   17세기 프랑스의 수필가 프랑스아 드 라 로슈푸코의 《잠언들》에서 인용.
74   19세기 낭만파 시인 리처드 사우디와 조지 고든 바이런.

림이나 조각에 대하여 판단하는 방식처럼 자신의 상상력 안에서 생겨나는 효과를 기준으로 판단한다. 그가 하는 일련의 연상들은 다른 사람들의 경우 일련의 추론인 것이다. 그래서 그가 자기의 견해라고 부르는 것이 사실은 그의 취향에 불과하다."

다른 하나는 바이런 경이 갖고 있는 모종의 균형이라 할 특징에 대해 매콜리가 언급한 것이다.

"바이런 경의 지위, 이해력, 성격, 외모, 거기에는 서로 정반대되는 극단들의 기묘한 결합이 있었다. 그는 모든 사람이 부러워하고 경탄할 모든 것을 갖고 태어났다. 그러나 그가 다른 사람들보다 두드러지게 많이 가진 이점들마다 불행과 불명예에 속하는 어떤 것이 섞여 있었다. 그는 진실로 유서 깊고, 그리고 고귀한 가문에서 출생되었으나 대중의 이목을 끈 추문을 낳았던 일련의 범죄 그리고 우행으로 품위를 잃었고, 그리고 가난해졌다. 그에게 지위를 계승해준 그 친척은 가난하게 죽었는데, 자비로운 재판관들이 아니었다면 교수대 위에서 죽었을 것이다. 젊은 귀족인 바이런은 위대한 지적 능력을 가졌으나, 그의 정신에는 건강하지 못한 부분이 있었다. 그는 타고나기를 관대하고 부드러운 마음을 가진 반면, 외고집에 성마른 기질을 지녔다. 그는 조각가들이 본뜨고 싶어 한 두상을 가졌지만, 그의 발은 기형이라 거리의 거지들이 그 걸음걸이를 흉내 내었다.[75]"

이제 매콜리의 두 문단 중 처음 것을 살펴보자. 시작하는 문장은 모든 면에서 부정확하다. "정부"라고 하는 단어는 저자의 생각에 충분한 명확성을 부여해주지 못한다. 왜냐하면 정부라는 용어는 국가의 사안들을 통어하는 행위보다 더 자주 그런 통어를 수행하는 체제에 적용되는 말이기 때문이다. 우리는 이를테면 "정부가 이러이러한 일을 한다"라고 말하고 이때 정부는 통치행위를 하는 그 사람들을 이야기한다. 그러나 매콜리는 그저 '통치행위'라고 불리는 그 행위만을 의도하는 것이기 때문에, 사실은 '정부'라는 단어 대신 '통치행위'라는 용어를 사용했어야 옳았다. 사우디에 붙은 호칭 "씨"도 딱히 조롱의 의미를 의도한 것이 아니라면 불필요하다. 우리가 잘 알려진 작가에게 '씨'자를 붙일 때는 호메로스나 단테나 셰익스피어가 누리는 호칭 생략의 명예로운 자격이 그 작가에게 모자란다는 암시가 있다. 또한 만약 "사우디 씨에게"의 다음에 등장하는 말이 "[정부는] 예술의 하나인 것처럼 보인다"였다면

75   19세기 영국의 대표적인 낭만주의 시인 바이런은 출중한 외모로 유명한 반면 발은 선천적으로 굽은 기형이었다.

옳을 것이다. 그러나 현재의 문장 그대로 사용하려면 "사우디 씨의 경우"로 바꾸어야 한다. 또한 '사우디'는 이 문단 전체의 주요 주제에 해당하므로 첫 문장에서 "정부"보다 앞에 놓여야만 한다. 반면 여기서 '정부'는 그저 사우디와의 관계 속에서만 언급되는 것이니 문장 머리에 올 필요가 없다.[76] 그리고 "예술들 중의 하나"는 그저 "하나의 예술"을 의미할 뿐이므로 군더더기를 줄여야 한다.

두 번째 문장은 꽤 잘못되었다. 두 번째 문장에서는 사우디가 문장 주어로서 우위를 차지할 힘을 잃으므로 "그"라는 주어는 "이론" "공적 조치" 등보다 뒤에 놓여야 한다. 또 "종교"라는 단어로 매콜리는 '신조'를 의미한 것이니 후자의 단어가 사용되어야 한다. 그리고 이 문장의 결론은 매우 어색하다. 사람들이 그림이나 조각에 대해 평가하는 것처럼 사우디가 평화나 전쟁 등에 대해 판단한다고 말하고 있으므로, 다음에 이어지는 말들은 어떻게 사람들이 그림이나 조각에 대해 판단하는가를 설명하려는 의도를 담아야 한다. 그렇다면 그 문장은 "그들의 상상력 안에서 생겨나는 효과를 기준으로"로 이어져야 한다. 더군다나 "생겨나는"은 '만들어지는'에 비해 덜 정확하고 덜 '영어적'[77]이다. 또한 사람들이 그림 등에 대

76　영어 문장에서는 어구의 위치에 따라 그 문장에서 강조가 실리는 말이 달라진다. 포는 중심 주제가 되는 말이 문장 머리에 와야 한다고 말하고 있다.

해 평가하듯이 사우디가 정당 등에 대해 판단을 내린다고 할 때, 사우디는 그 '사람들'의 범주에서 상당히 제외되는 느낌이 든다. 그러니 틀림없이 '다른 사람들'이라고 처음에 썼을 텐데 '다른'이 지워졌다. 그 아래 문장에 "다른 사람들"이 또 등장하기 때문에 지웠을 것이다.

마지막 문장에 오면, "일련의 **연상들**"이 "일련의 **추론**"에 적절히 상응하는 대칭을 이루지 않는 것이 보인다. '추론'에 맞추어 '연상'이라고 쓰거나 '연상들'에 맞추어 **추론들**'이라고 써야 한다.[78] "~것"이라는 어구의 반복도 어색하고 유쾌하지 않다. 결론적으로 전체 문단은 다음과 같이 수정되어야 한다.[79]

사우디의 경우, 통치행위는 하나의 예술이다. 이론이나 공적 조

---

77   전자가 라틴어에서 유래한 말인 반면 후자는 순수한 영어임을 말하는 것이다.

78   영어 문장에서 명료성과 리듬을 위해 흔히 요구되는 유사어구 대응의 속성과 관련되는 대목이다. 둘 이상을 열거하거나 비교할 때 가능한 한 각 단위의 말을 유사한 모양으로 만들기 위해 포는 복수명사나 단수명사 한쪽으로 통일하는 것이 낫다고 언급하고 있다.

79   포는 앞서 제시한 매콜리의 두 문단에 대해 고칠 점을 지적한 후 자신의 수정본을 제시하는 방식으로 글을 전개한다. 그러나 스스로 제안한 세부적인 대안들을 자신의 수정본에 완전히 그대로 적용하지는 않는다. 그가 제시한 대안들은 주어진 글을 부분적으로만 개선할 때 적용할 수 있는 대안들이기에 전체적으로 수정을 가할 때 곧이곧대로 적용될 수는 없기 때문이다. 포는 자신이 지적하지 않았던 부분까지 훨씬 더 많이 바꾸어 원문보다 간결한 수정본을 각각 제시한다.

처에 대해서, 그리고 신조와 정당과 평화 혹은 전쟁에 대해서 판단할 때 그는, 다른 사람들이 그림이나 조각 같은 것을 평가할 때에만 적용하는 기준인 상상력의 효과로 판단한다. 남들에게 일련의 추론은 사우디에게는 일련의 연상이다. 따라서 그의 의견은 그의 취향에 불과하다.

바이런에 관한 문단의 결점들은 사우디에 대한 문단의 결점보다 더 안 좋은 종류이다. 첫 문장은 활력이 더 필요하다. "서로 정반대되는"은 불필요하고 "거기에는"도 마찬가지로 필요 없다. 두 번째와 세 번째 문장은 하나로 합쳐져야 적절하다. "~에 속하는 어떤 것"의 경우 '어떤~'으로 충분히 대체 가능할 것이다. "다른 사람들보다 두드러지게"는 전체 어구가 다 불필요하다. '태어났으나'를 쓰지 않고 "출생되었으나"를 쓴 것은 전혀 정당화될 수가 없다. 네 번째 문장에서 "그리고"의 세 번 반복도 어색하다. '악명 높은 범죄와 우행' 정도면 충분히 "대중의 이목을 끈 추문을 낳았던 일련의 범죄 그리고 우행"이 암시하는 모든 것을 표현할 것이다. 다섯 번째 문장도 당연히 줄여야 할 터인데, 현재로는 의도하지 않은 불쾌한 조롱을 담고 있기도 하다.[80] 또 "지적 능력" 대신 '지성'이면 충분할 것이고, 그(여섯 번째) 문장도 다른 식으로 줄여 쓰는 것이 더 득이 될 것이다. 내 의견으로는 전체 문단은 다음과 같이 표현하면 더 나을 것이다.

　　바이런 경의 지위, 이해력, 성격, 심지어 외모에서 우리는 극단들의 기이한 결합을 본다. 사람들이 부러워하고 경탄하는 모든 것을 그는 나면서부터 갖게 되었지만, 불명예와 불행이 그 탁월한 이점들 각각과 섞였다. 그는 진실로 유서 깊은 귀족 가문에 태어났으나 일련의 악명 높은 범죄로 명예를 잃고 가난해졌다. 그에게 지위를 물려준 그 가난뱅이 친척은 자비로운 재판관들이 없었다면 교수형을 당했을 것이다. 젊은 귀족 바이런은 아마도 위대한, 그러나 부분적으로 불건강한 지성을 가졌다. 그의 마음은 관대하였지만 기질은 고집스러웠고, 조각가들이 그의 두상을 본뜨는가 하면 거지들은 그의 발의 기형을 흉내 내며 걸었다.

　이러한 것들에 주목하는 나의 목적은 당대의 가장 정확한 스타일리스트의 부정확성을 지적하려는 것에 주안점이 있지 않다. 그것보다는 매콜리가 활동하는 분야에서 우리의 비평가들이 그를 능가할 수도 있음을 암시하려는 것이고, 그러면서도 우리 비평가

80　'교수대 틀'을 가리키는 단어 'gallow'를 사용한 것을 지적하고 있다. 포가 예시한 개작에는 'hang'이라는 보다 포괄적인 단어로 대체되었다.

들이 글 쓰는 방식에 대한 교훈의 측면에서 그들 스스로 여전히 배울 만한 무엇이 있음을 암시하려는 것이다.

너무도 분명한 사실은 우리가 대영제국의 문학적 식민지라는 위치 때문에 바다 건너에 있는 문인들의 우수성을 과장하고 그럼으로써 간접적으로 우리 작가들을 부당하게 평가한다는 것이다. 우리의 가장 신뢰할 만한 비평가들은 영국의 글들을 격찬한다. 그것도 차이를 두지 않고 마구 격찬한다. 미국에서 쓰였더라면 주목하지도 않고 지나쳤거나 혹은 주저 않고 비판을 퍼부었을 그런 글들을 말이다. 예를 들어 내가 존스 씨와 함께 언급한 위플 씨를 살펴보자. 위플 씨는 단연코 우리의 가장 '신뢰할 만한' 비평가 중 한 사람이다. 내가 그의 용기와 재능을 거의 의심하지 않는 것만큼이나 그의 정직성에 대해서 나는 거의 의심하지 않는다. 그러나 그가 영국의 지성과 영국의 견해에 대한 지나친 존경심 때문에 종종 성급하게 빠져들게 되는 흔한 비평적 식별력 결핍의 사례가 여기에 있다. (지금은 브라우닝 부인이 된) 배럿 양의 《유배의 드라마와 다른 시들》에 대한 서평에서 그는 아래의 구절을 "모든 면에서 결함이 없고 숭고하다"고 말한다.

> 첩첩 쌓여 가파른 세대들이 어떻게
> 시간의 환상 계단 아래로 떨어지는지 들어보라

마치 멀면서도 가까운―초자연적인 천둥들처럼

어떻게 불타는 메아리를 언덕 곳곳에 뿌리는지를!

　자, 여기에서 나는 "아래로"[81]에 있는 허세는 제쳐놓겠다. "멀면서도 가까운"의 해결할 수 없는 모순도 언급하지 않겠다. 또 불타는 메아리를 뿌리는 이미지에서 보이는 은유의 비일관성을 언급하지 않겠다. '로서'를 써야 할 자리에 "처럼"을 오용한 것도 살짝만 언급하겠다. 결코 아래로 떨어지는 속성을 지녔다고 볼 수 없는 천둥과 같은 것을 떨어지게 만든 부적합성을 살짝만 언급하겠다. 그리고 "가파른"이라는 단어를 "계단"이 아니라 "세대들"에 잘못 적용했다는 것을 살짝만 암시하겠다. 이는 직유와 같은 터무니없는 비유가 교과서에 존재한다는 사실로도 결코 정당화될 수 없는 정도의 왜곡이다. 그리고 이 모든 것을 그냥 보아 넘긴다 해도, 여전히 우리는 어떻게 브라우닝 여사가 이러한 주된 관념―그 추상적인 관념―즉 어떤 형태나 어떤 정황으로 계단 아래로 굴러떨어진다는 관념을 하나의 시적인 혹은 품위 있는 개념으로 삼기에 이르렀는지 이해하기가 어렵다. 그럼에도 위플 씨는 이것을 "숭고하다"고 부른다. 나는 이 시행들이 매우 아슬아슬하게 숭고함을 놓쳤다는

81　배럿 시 원문에 'down'이 아니라 고어체인 'adown'이 쓰인 것을 지적한 것이다.

것은 인정한다. 한 발짝만 더 디디면 숭고함에 이를 수 있는 상태임을 인정한다. 그러나 불행하게도 그 한 발짝의 간극은 예로부터 늘 숭고함과 우스꽝스러움을 갈라놓은 그런 간극이다. 바로 그렇기 때문에 이 시행들은 누구라도—나라도—아주 약간만 이미지들을 수정해주면, 즉 이 시의 그 풍부한 영적인 어조를 방해하지 않을 그런 수정을 아주 약간만 해주면 나무랄 데 없이 탁월한 것으로 향상될 것이다.

> 저 먼 세대들이 가파른 시간의 절벽 아래로
>
> 어떻게 이 바위로 저 바위로 무너지는지를 들어보라.
>
> 수많은 천둥들은 사색이 되어
>
> 환상의 언덕 위 동굴 은신처에 있는
>
> 메아리들을 화들짝 놀라게 하네!

나의 개작도 의심할 여지 없이 그 나름의 결점을 갖고 있다. 그러나 적어도 일관성의 미덕은 갖추고 있다. 산은 계단보다 더 시적이고, 또한 메아리도 흩뿌려지는 씨앗[82]의 이미지보다는 야수들로 그려지는 것이 더 적절하다. 계단이 씨뿌리기와 어울리기보다는 메아리나 야수가 산과 더 잘 어울린다. 이 사실은 이 씨앗들이 불의 씨앗들이라고 해도, 그래서 가파른 세대가 계단으로 굴러떨어지면서 그것들을 '언덕 가운데' 널리 흩뿌릴 수 있다고 쳐도 마찬가지이다. 즉 계단으로 허둥지둥 내려오느라 보통 씨뿌리는 방식처럼 정확히 뿌릴 수 없는 상황에서 그저 흩뿌리는 것이라고 해도 변함이 없다. 또한 설사 불타는 씨앗들이 계단으로 넘어져 구르는 가파른 세대들에 의해 바로 뿌려지는 것이 아니라, 불운하게도 계단 아래로 구르는 그들이 유발한 '초자연적인 천둥'의 개입을 통하여 간접적으로 흩뿌려지는 것으로 문장 구조를 이해한다고 해도 브라우닝 여사를 위해 사정이 조금치도 더 나아지지 않는다.

82　포가 씨앗 혹은 씨뿌리기를 언급하는 이유는 배럿의 시에서 "어떻게 불타는 메아리를 언덕 곳곳에 뿌리는지를!"의 '뿌리는'에 해당하는 원문이 'sowing'이기 때문이다. 'sow'는 일차적으로 '씨를 흩뿌리다'의 뜻을 갖는다. 그러나 포는 씨뿌리기의 이미지는 천둥의 메아리가 번져나가는 이미지와 어울리지 않는다고 보는 것이며, 메아리가 아니라 불씨를 뿌리는 것으로 보아도 여전히 계단으로 구르는 동작과 맞지 않는 이미지라고 말하는 것이다.

이야기 쓰기

—너새니얼 호손[83]

　뉴욕의 문인들을 묘사한 내 글[84]의 서문에서 나는 우리 작가들에 대한 대중의 의견이라 생각되는 것과 개인들의 실제 견해 사이에 큰 간극이 있다고 말하면서 다음과 같이 너새니얼 호손을 언급했다.

　　예를 들어 언론이나 대중은《두 번 한 이야기들》의 저자 호손 씨를 거의 인지하지 못하고 있고 알아차린 경우라 해도 그저 약간의 칭찬을 넣어 악평할 뿐이다. 자, 호손에 대한 내 의견은 이렇다. 그

83　이 글은 포가 호손에 대하여 쓴 두 번째 평문으로 호손의 단편집《두 번 한 이야기들》(1842)과《낡은 목사관의 이끼》(1846)에 대한 서평이기도 하고, 또한 짧은 이야기 즉 단편 쓰기에 대한 포 자신의 이론을 피력한 글이기도 하다.

84　1845년 잡지에 발표한〈뉴욕의 문인들〉을 말한다.

의 작품 영역은 한정되어 있고 모든 주제를 몽롱한 암시의 어조로 유사하게 다루는 매너리즘도 상당히 있지만, 그는 이러한 영역 안에서는 미국은 물론 다른 어디서도 맞상대가 없을 비범한 천재성을 드러낸다. 그리고 이 나라의 그 어떤 문인도 이 의견을 반박하는 걸 나는 들어본 적이 없다. 그런데도 그 문인들이 자기 의견을 말로는 할지언정 글로는 발표하지 않는 것은 호손 씨가 가난한 자라는 것과 그가 도처에 널린 가짜가 아니라는 두 가지 사실에 기인한다.

실제로 《두 번 한 이야기들》의 저자에 대한 호평은 아주 최근까지도 문단에만 한정되어 있었다. 그래서 자기 작품에 감탄하는 개별 독자들을 갖고도 공적으로는 인정받지 못한 그런 이 나라의 천재 중 특히 우수한 예로 그를 제시한 게 아마도 잘못된 일은 아닐 것이다. 지난 한두 해 사이에 호손에 대한 이러한 무관심에 정직하게 분노한 비평가들이 가끔씩 그의 작품을 인정하는 매우 따뜻한 글을 쓴 것도 사실이다. 예를 들어 (호손이 최고의 예를 보여준 그런 종류의 글에는 둘째가라면 서러울 열렬한 애호가인) 웨버 씨는 호손의 재능에 대한 진심 어린 찬사를 《아메리카 리뷰》의 최근 호에서 분명히 표명했다. 《낡은 목사관의 이끼》가 출판된 후로는 이와 유사한 어조의 비평들이 더 권위 있는 국내 잡지들에 심심찮게 등장했다. 《이끼》가 나오기 전에 발표된 호손 서평은 거의 떠올릴 수가 없다. 그나마 내가 기억하는 서평으로는 우선 1841년 5월 (매튜스와 다이킹크가 편집하는)《아르크투루스》에 실린 글과 1838년 3월에 (호프먼과 허버트가 편집하는)《월간 아메리카》에 실린 또 한 편이 있고, 세 번째는《북아메리카 리뷰》96호에 실린 글이 있다. 그러나 적어도 우리가 신문 게재와 책 판매 부수를 참조하여 대중의 취향을 파악한다고 했을 때 이 비평들은 대중의 취향에는 거의 영향을 미치지 못한 모양이었다. (최근까지도) 우리의 최고 작가들을 요약하는 자리에서 호손에 대한 언급이 유행한 적이 없다. 그런 경우 늘상 일간지 비평가들은 이렇게 말하곤 했다. "어빙, 쿠퍼, 브라이언트, 폴딩, 그리고 스미스가 있지 않습니까?" 혹은 "우리에겐 할렉, 데이나, 롱펠로, 그리고 톰슨이 있지 않습니까?" 혹은 "자랑스럽게 우리의 작가들인 스프레이그, 윌리스, 밴크라프트, 프레시콧, 그리고 젠킨스에 주목할 수는 없을까요?"[85] 그러나 이 대답할 수 없는 질문들이 호손이라는 이름으로 끝난 적은 결코 없다.

두말할 나위도 없이, 대중이 호손의 진가를 알아보지 못하는 것은 주로 내가 언급했던 두 가지 이유, 즉 그가 부유한 자도 가짜도 아니라는 사실에서 기인한다. 그러나 이것이 그에 대한 대중의 전

85　각 질문 마지막에 등장하는 이름은 그저 흔한 이름 중 아무것이나 붙인 것이다.

반적인 몰이해를 다 설명해주지는 못한다. 그 이유의 적지 않은 부분은 호손 자신만의 독특함에서 기인한다. 독특하다는 것은 어떤 의미에서는 또 상당한 정도로는 독창적인 것을 의미한다. 그리고 문학에서 진정한 독창성보다 더 높은 가치도 없을 것이다. 그러나 진정한 혹은 찬사를 보낼 만한 독창성이란 균일하게 유지되는 독특함을 말하는 게 아니라 지속적으로 생겨나는 독특함을 암시한다. 즉 끊임없이 활발하게 움직이는 공상의 활력에서 솟아나는 독특함이고 더 좋기로는 다루는 것마다 항상 자기만의 빛깔과 자기만의 특성을 부여하는 상상력, 특히 **스스로의 추진력으로 모든 것을** 다루는 상상력에서 오는 독특함을 말하는 것이다.

흔히 사람들은 아주 독창적인 작가들은 언제나 인기를 얻지 못한다고 성급하게 말한다. 즉 이러이러한 작가들은 대중이 이해하기엔 너무 독창적이라는 식인데, 여기서 너무 독창적이라는 표현은 '너무 독특한' 즉 '너무 개성 있는'으로 수정되어야만 한다. 흥분을 잘하는, 훈련받지 않은 천진한 대중의 마음이야말로 사실은 독창성을 가장 날카롭게 느낀다. 보수주의자들, 상투적인 글을 쓰는 자들, 그리고 《북아메리카 리뷰》의 교양 있는 노^老성직자들의 비평은 혼자서 독창성을 악평하는 정확히 그런 유의 비평이다. 쿡 경[86]

---

86   영국의 법관이자 법학자 에드워드 쿡.

의 예를 들자면 그는 "불타오르는 불도마뱀 같은 정신이 된다고 해서 하나의 성스러운 정신이 되는 게 아니다"라고 말한다. 그와 같은 성직자들의 양심은 스스로에게 감동을 전혀 허락하지 않기에 그들은 감동하는 것에 대한 성스러운 공포를 갖고 있다. "우리에게 고요함을 주시오"라고 그들은 말한다. 조심스럽게 적절한 만큼만 입을 열어 그들은 "평안을"이라고 한숨 내쉬듯 말한다. 그 주고받기의 기독교 원리에만 따른다면 사실 평안이야말로 그들에게 허용된 유일한 즐거움인 셈이다.

사실 호손 씨의 작품이 정말로 독창적이라면 대중이 그것을 알아차리도록 하는 데에 실패할 수는 없다. 그는 사실 어떤 의미로도 독창적이지는 않다. 그를 독창적이라고 하는 사람들은 단지 그의 방법이나 어조, 주제의 선택이 자기들이 알고 있는 어떤 작가와도 다르다는 것을 의미하는 것이고, 이때 그들은 호손의 습관적 방식들과 절대적으로 동일한 방식을 몇몇 작품에서 보여준 독일의 티크[87]까지는 염두에 두지 못한 것이다. 그러나 새로움이 문학적 독창성의 요소라는 건 분명하다. 독자들이 독창성을 알아차리는 것은 그들이 새로움을 감지하기 때문이다. 독자는 자신에게 새로움과 함께 그만큼의 즐거움을 주는 작품이면 무엇이건 독창적

87　독일의 소설가이자 극작가인 루트비히 티크.

이라고 여기고, 자주 그러한 감정을 느끼게 하는 작가라면 독창적인 작가라고 여긴다. 한마디로 독자는 이러한 감정들의 총합으로 한 작가를 독창적이라고 결정하는 것이다. 그러나 내가 이쯤에서 지적할 수 있는 것은 우리가 마땅히 그래야 하는 방식으로 독창성을 판단한다면, 즉 작품이 의도한 효과를 기준으로 독창성을 판단한다면, 새로움조차도 더 이상 온당한 독창성을 낳지 못하는 때가 분명히 있다는 사실이다. 그것은 새로움이 전혀 새롭지 않은 것이 되는 국면으로, 예술가가 자신의 독창성을 보존하려다가 진부한 것으로 전락하게 되는 그런 경우이다. 무어가 단지 이러한 문제에 주의를 기울이지 않는 바람에 《랄라루크》[88]에서 상대적으로 실패했던 것을 아무도 알아차리지 못한 것 같다. 그 시를 독창적이라고 칭찬한 독자나 비평가는 거의 없었고 실제로 그 작품은 전체적으로는 독창적인 효과가 없다. 그러나 세부적인 독창성들을 하나하나 고려해보면 그 정도 분량의 작품 중 그토록 가장 행복한 독창성들로 넘쳐나는 작품도 없을 것이다. 그것들은 너무 과도하여 결국에는 독자가 그 독창성들을 인식할 모든 능력을 마비시켜버린다.

이러한 점들이 제대로 이해가 되면, 다음과 같은 것을 깨닫게 된다. (티크를 알지 못하는) 비평가가 호손의 이야기나 에세이 한 편

---

[88] 아일랜드 시인 토머스 무어의 설화시. 긴 산문시 네 편과 산문이 섞여 있다.

만 읽고 그를 독창적이라고 생각하는 것은 정당화될 수도 있다. 그러나 그 비평가가 새롭다고 느낀 그 어조, 방식, 혹은 주제 선택이 두 번째는 몰라도 적어도 세 번째로 읽는 이야기에서부터는 새로움을 느끼게 해주지 못할 뿐만 아니라 오히려 정확히 반대되는 인상을 불러일으킨다. 그가 호손의 책 한 권을 다 읽으면, 그리고 그의 책들 전부를 다 읽으면 더더욱, 호손을 '독창적'이라고 부르려 한 처음의 의도를 접고 그를 '독특하다'고 구분하는 데에 만족하게 되는 것이다.

독창적인 것은 대중적이지 않다는 그 막연한 의견에 내가 진실로 동의할 수 있으려면, 독창성에 대한 특정한 이해, 즉 비평깨나 한다는 사람들이 놀랍게도 받아들이는 특정 관점을 나도 받아들여야만 가능할 것이다. 그저 말에 대한 사랑으로 그런 사람들은 문학적 독창성을 형이상학적 독창성에 한정지어왔다. 즉 그들은 생각과 사건 등이 절대적으로 새롭게 결합되는 경우에만 그 결합을 문학에서의 독창성으로 간주한다. 그러나 분명한 사실은, 효과의 새로움만이 우리가 고려할 가치가 있을 뿐 아니라 이 효과란 절대적으로 새로운 결합을 추구하기보다 피함으로써 오히려 모든 허구 창작의 목적에 맞게, 즉 즐거움을 주도록 가장 잘 만들어질 수 있다는 것이다. 그런데 그들이 이해한 독창성은 지성에게 과제를 주고 지성을 놀라게 하며 그럼으로써 더 가벼운 문학에서는 거의 요구되지 않는 사고력을 지나치게 활성화시킨다. 그렇게 독창성을 이해하면 독창성은 필연적으로 대중에게 인기가 없을 수밖에 없다. 대중은 문학 속에서 즐거움 찾기 때문에 문학이 자신들을 가르치려고 하면 분명 기분이 상하는 것이다. 그러나 진정한 독창성, 즉 그 목적에 충실한 진정한 독창성은 우리 인류 안에 있는 반쯤만 형성된, 다루기 힘든, 혹은 표현되지 않은 공상들은 불러일으키고, 우리 가슴속 열정이 더 섬세한 맥박으로 뛰도록 자극하며 혹은 미완의 보편적인 정서나 충동을 탄생시킨다. 이 진정한 독창성은 그럼으로써 우리에게 즐거움을 주는 **명백한** 새로움의 효과들을 모종의 생생한 자기중심의 기쁨과 결합시킨다. 첫 번째 경우(절대적 새로움을 주는 경우) 독자는 그 새로움에 흥분하면서도 작품을 이해하기엔 자신의 지각 능력이 모자란다는 사실, 즉 작품에서 말하는 개념이 자기 머리에 떠오르기에는 스스로가 어리석다는 사실에 당황하고 난처해하고 심지어 어느 정도는 고통스러워한다. 그러나 두 번째 경우 독자의 즐거움은 두 배가 된다. 독자는 내적으로나 외적으로나 즐거움에 가득 찬다. 독자는 사고의 새로움인 듯한 것을 느끼고, 그것을 깊이 있게 즐긴다. 즉 독자는 그것이 절대적으로 독창적인 만큼이나 정말로 새롭다고 느끼며 즐기게 되는데 이때 독자가 느끼는 이 독창성은 작가로부터 나오는 것이면서 또한 독자 자신으로부터 나오는 것이기도 하다. 독자는 모든 인간들 중 작가와 자신 둘만 그렇게 생각한 것으로 상상하고, 그들 둘이 함께 그런 것을 창조한 것이라고 느낀다. 그리하여 그들 사이에는 하나의 공감대가 생기고 그 공감은 그 책에서 이어지는 모든 페이지들을 환히 비추게 된다.

분류에 다소 어려움은 있겠지만, 내가 진정한 독창성이라고 부른 것보다 조금 더 낮은 수준의 독창성으로 인정할 수 있을 그런 종류의 글이 있다. 우리는 그런 글을 정독하면서 '이것은 얼마나 독창적인가!'라고 혼잣말을 하지도 않고 '여기에 나와 작가 단둘이서만 즐기는 생각이 있군'이라고 느끼지도 않는다. 그러나 우리는 '여기에 분명한 공상이 매력적인 형태로 제시되었군'이라고 느끼거나 때로는 심지어 '이건 내 머릿속에 떠오른 적이 있었는지 확신할 순 없지만, 세상의 다른 모든 사람들에게는 당연히 떠올랐을 그런 생각이야'라고 느낀다. 이런 종류의 창작(여전히 높은 수준의 창작에 속하는데)의 특징은 보통 '자연스러움'으로 칭해진다. 이것은 내가 말한 진정한 독창성보다 일정 정도 열등한 수준의 독창성인데, 만약 그렇게 보지 않는다면 사실 진정한 독창성과는 외적인 유사성은 거의 없고 강한 내적 유사성만 가졌다고 할 그런 것이다. 영어로 글을 쓴 작가들 중 애디슨[89], 어빙[90], 그리고 **호손**을 가장 좋은 예로 들 수 있다. 그런 글을 구분 짓는 특징으로 매우 자주 언급되는 것은 '편안함'인데, 이것을 외형상의 특징으로만 이해하여 매우 도달하기 어려운 경지로 흔히들 간주해왔다. 그러나 이러한 관점은 일정 정도 조건부로 받아들여야만 한다. 그 자연스러운 형식은 그러한 양식을 결코 다루어본 적이 없는 사람들, 즉 부자연스러운 형식만을 구사하는 사람들에게만 어렵다. 그것은 그저 창작에서 어조란 어떤 국면에서 어떤 주제로 글을 쓰건 거대한 인류 대중의 어조여야만 한다는 이해 혹은 본능을 갖고 쓴 결과일 뿐이다. 《북아메리카 리뷰》의 스타일에 맞추느라 작가가 모든 때에 그저 고요하기만 하다면 그 글은 당연히 대부분의 경우에 그저 실없고 어리석은 것이 될 것이고 그런 글은 '런던 토박이풍의 고급 멋쟁이'나 '밀랍 전시관에 놓인 잠자는 미녀'나 마찬가지로, '편안'하거나 '자연스럽다'고 간주될 수 없다.

그런데 호손의 '독특함' 혹은 그의 한결같음이나 단조로움은 그저 '독특'하다는 것만으로도 그 독특함의 내용과는 상관없이, 그의 진가를 대중에게 알릴 모든 기회를 놓치게 한다. 그러나 그 독특함의 내용이 최악의 부류의 단조로움인 걸 알면 그가 대중의 이해를 얻는 데 실패한 것이 당연히 더 이상은 의아스럽지 않다. 그의 작품은 '자연'과의 관계가 지극히 약하여 대중의 지성과 정서와 취향과

---

89 17세기 말 18세기 초 영국의 시인이자 극작가 조지프 애디슨.

90 19세기 미국의 단편 작가 워싱턴 어빙.

는 가장 멀리 떨어져 있다. 나는 지금 호손의 알레고리의 어조를 말하고 있는 것이다. 그는 자신이 다루는 주제의 대다수에 알레고리를 사용하다 보니 자기 주제를 직접적으로 다루지를 못하고 있다.

(알레고리가 어떤 식으로 무슨 목적으로 사용되건 간에) 알레고리를 옹호하기 위한 단 하나의 존경할 만한 단어도 찾기가 어렵다. 알레고리 최고의 매력들조차도 공상에 호소하도록 만들어진 것이다. 즉 현실적인 것을 비현실적인 것으로 바꾸는 우리의 감각에, 그것도 그런 목적에 적합한 내용이 아니라 부적합한 내용을 그렇게 바꾸는 우리의 감각에 호소할 뿐이다. 그래서 알레고리는 현실과의 관계에서 무無와의 연결고리 이상의 가시적인 연결고리가 없고, 물질과 그림자의 관계가 갖는 효과적인 유사성의 절반도 채 지니지 못하는 것이다. 최상의 알레고리가 우리 안에 불러일으키는 가장 깊은 정서조차도 그것이 알레고리인 한 작가의 창의성에 대하여 우리가 매우, 매우, 불완전하게 느끼는 만족감일 뿐이다. 왜냐하면 그 창의성은 우리가 보기에 작가가 굳이 극복하려고 애쓰지 않는 게 더 나았을 법한 그런 어려움을 극복한 데서 나온 것이기 때문이다. 어떤 분위기의 알레고리이건 간에 알레고리라는 것이 진리를 주장하도록 창조될 수 있다고 본다면, 즉 예를 들어 은유가 어떤 주장을 아름답게 장식하면서도 동시에 그 주장을 명료하게 할 수 있다고 본다면, 그런 생각의 오류는 즉시 입증될 수 있

다. 즉 그런 생각의 전제와 정반대되는 사실은 정말로 거의 어려움 없이 제시될 수 있다. 그러나 이러한 입증은 현재 내 목적과는 이질적인 주제들이다. 단지 한 가지 분명한 것은 만약 알레고리가 하나의 사실을 확립하기라도 한다면, 그건 하나의 허구의 이야기를 무너뜨림으로써만 가능하다는 것이다. 작품 속에서 암시적인 의미라는 것은 명백한 의미 이면에서 심오한 저류로 흐르면서 우리 스스로의 의지가 개입되지 않고는 결코 상층의 의미를 방해하지 않는 형태로, 즉 표면으로 호출받지 않고는 결코 제 스스로는 모습을 드러내지 않는 형태로 활용이 가능하다. 그러나 알레고리는 최고의 조건에서조차도 항상 효과의 통일성을 방해하고 만다. 예술가에게 효과의 통일성이란 세상의 모든 알레고리를 합쳐놓은 것만큼이나 가치가 있는데도 말이다. 알레고리는 허구의 이야기에서 결정적으로 중요한 측면, 즉 이야기의 진지함 혹은 실제로 있을 법하다는 느낌에 치명적인 손상을 입힌다. 《천로역정》[91]이 평자들에게 잘 알려진 한두 번의 문학 비평상의 우연 덕택에 우스꽝스럽도록 과대평가된 책이라는 사실은 생각 있는 사람 두 명만 모여도 이견이 없다. 어떤 의미로건 이 작품에서 즐거움을 얻는다면, 그 즐거움은

---

91 17세기 영국 작가 존 번연의 대표작으로 기독교적인 알레고리로 이루어진 소설이다.

그 작품의 진정한 목적을 묵살하는 독자의 능력, 즉 지속적으로 알레고리를 무시할 수 있는 능력, 혹은 알레고리를 이해할 수 없는 독자의 무능력에 직접적으로 비례할 것이다. 알레고리가 적절하게 다루어지고 현명하게 억눌려 그저 그림자로서 혹은 암시적으로 언뜻언뜻 보이는 것으로 간주되는 예, 즉 진리에 가장 가까이 근접하면서도 주제넘게 나서지 않고 그래서 불쾌하지 않은 **적절한** 알레고리가 된 최고의 예는 푸케의 《운디네》[92]이다. 이 작품은 의심할 여지없이 가장 비범한 알레고리의 한 예이다.

그러나 엄격하게 책의 세계에만 살면서 어쩌면 책을 적절하게 소유한 게 아닐 수 있는 그런 소수의 눈에는 호손 씨의 **대중성**을 가로막아온 명백한 원인들이 그를 비난할 이유로 충분해 보이지 않을 것이다. 이 소수의 사람들은 대중과는 달리 한 작가를 전적으로 작가가 행한 것을 기준으로 평가하지 않고 상당한 정도로, 심지어 최대한으로, 그 작가의 잠재적 가능성을 기준으로 평가한다. 이 소수의 관점으로 보면 호손은 영국에서 콜리지가 가지는 위상을 미국의 문인들 가운데서 갖게 된다. 이 소수는 책을 단순히 책으로만 오래 숙고하다 보면 반드시 생기는 취향상의 특정한 왜곡으로 인해 한 문인의 오류를 제대로 볼 수 있는 상태가 아니다. 이

92　독일 작가 프리드리히 드 라 모테 푸케의 대표작.

신사들은 어떤 경우에도 교육받은 작가가 틀리기보다는 대중이 옳지 않다고 믿는 경향이 있다. 그러나 단순한 사실은, 작가가 자기가 의도한 인상을 사람들에게 주는 데에 실패했다면 그 경우엔 언제나 작가가 틀린 것일 따름이다. 호손 씨가 어느 정도까지 사람들에게 다가갔는지는 물론 내가 확정할 문제는 아니다. 그러나 그가 자기 자신과 자기 친구들을 위해서만 작품을 썼다는 유력한 증거들이 그의 책들에 내포되어 있다.

오랫동안 존속해온 하나의 치명적이고 근거 없는 편견이 있는데 이것을 벗어던지는 것이 이 시대의 임무일 것이다. 그 편견이란 작품의 우수성을 판단할 때 그 작품의 단순한 부피를 상당히 고려해야 한다는 생각이다. 나는 계간지 서평가들 중 가장 분별력이 약한 사람조차도, 추상적으로 고려해볼 때 책의 분량이나 부피라는 것 안에 우리의 감탄을 자아낼 특별한 무언가가 있다고 주장하지는 않으리라 생각한다. 하나의 산은 그 물리적인 광대함이 주는 감흥만으로도 실제로 우리가 숭엄함을 느낄 수 있게 하지만 그러한 일이 《콜럼비아드》와 같은 작품을 읽을 때에도 일어날 수 있다고 우리는 인정할 수 없다. 계간지들 스스로는 비평에 책의 분량을 고려했다고 인정하지 않을 것이다. 그러나 그럼에도 불구하고 '끈기 있는 노력'에 대한 그 잡지들의 끊임없는 수다들에서 우리가 달리 무엇을 이해할 수 있겠는가? 이러한 끈기 있는 노력이 한 편의 서사시에서 이루어졌다면 그 노력에 감탄을 보내자. (만약 이것이 감탄할 만한 일이라고 한다면 말이다.) 그러나 그 노력을 이유로 그 서사시 자체에 감탄을 보내지는 말자. 다가올 미래의 상식은 아마도 예술 작품을 그것이 달성한 목적 즉 그것이 만들어낸 인상으로 평가해야 한다고 주장하게 될 것이다. 즉 그 목적을 이루기 위해 걸린 시간이나 그 인상을 만들어내기 위해 필요했던 '끈기 있는 노력'의 양에 의해서 평가하지 않을 것이다. 실제로 천재성은 그런 끈기와는 별개의 것이고, 이교 세계의 어떤 초월주의자들도 그 둘을 혼동할 수는 없을 것이다.

부피가 크면 작품이 좋다는 생각들로 가득 찬 《북아메리카 리뷰》의 지난 호는 심스[93]에 대한 자칭 평문에서 "그저 짧은 이야기에 불과한 그 작품에 관해서는 별다른 의견이 없음을 정직하게 선언한다"고 말한다. 아닌 게 아니라 이 잡지가 매우 사소하지 않은 별다른 의견을 개진한 적이 아직 실제로 없는 걸로 알려져 있으니 이 선언의 정직성은 적잖이 보증이 되는 셈이다.

엄격한 의미로 이야기란 그저 산문이긴 해도 산문의 광대한 영역 중에서는 최고의 천재성을 발휘할 수 있는 가장 아름다운 영역

---

93   19세기 미국의 소설가, 시인, 역사가인 윌리엄 길모어 심스. 남북전쟁 이전 남부 문학의 한 주역이며 그의 소설과 단편집은 포의 극찬을 받은 바 있다.

이다. 최고의 천재성이 최고로 가장 유리하게 발휘될 수 있는 형식을 말해보라고 한다면 나는 주저 없이 '한 시간 안에 정독할 수 있는 길이를 넘지 않는 운율화된 시의 창작에서' 그것이 가능하다고 말할 것이다. 이러한 한계 내에서만 가장 고귀한 시의 질서는 존속할 수 있다. 내가 이 주제는 다른 곳에서도 논의를 했으니 여기서는 그저 '한 편의 장시'라는 개념은 모순이라는 점만 재차 말할 필요가 있겠다. 깊이 있는 영혼의 흥분을 불러일으켜야 한다는 것이 시의 본분이고 본질이다. 시의 가치는 시가 (영혼을 고양시키는) 흥분에 비례한다. 그러나 모든 흥분은 심리적인 필요에 의해 일시적이어서 길이가 긴 시에서는 유지될 수가 없다. 최대한으로 잡아도 읽는 시간이 한 시간이 지나면 그 흥분은 느슨해지고 사라진다. 그다음에 그 시는 사실상 시가 아닌 것이다. 사람들은 《실낙원》에 감탄하지만 그 작품에 지루해한다. 왜냐하면 불가피하게 일정 정도의 규칙적인 간격을 두고 지루함에 지루함이 뒤따르기 때문이다. (즉 흥분의 물결 사이로 침체의 국면이 끼어드는 것이다.) 그래서 마침내 (엄밀히 보면 짧은 시들의 연속에 불과한) 그 시가 끝날 때 우리는 우리가 느낀 즐거움의 양과 불쾌감의 총합이 거의 같음을 알게 되는 것이다. 태양 아래 모든 서사시의 절대적, 최종적 혹은 종합적 효과는 이러한 이유들로 인해 공허함이 된다. 《일리아드》는 서사시의 형태로서는 그저 가상의 존재성만 있을 뿐이다.

그러나 그것이 실재라고 친다 해도 나는 그 작품이 초기 단계의 예술 감각에 근거하고 있다고 말할 수 있을 뿐이다. 현대 서사시에 대해서 말하자면 그것은 모종의 '우연히 얻어진 행운'에 대한 맹목적인 모방이라고 말하는 것보다 더 잘 표현할 수 있는 말이 없다. 내가 말한 이러한 명제들은 점차 자명한 것으로 이해될 것이다. 그 사이에 전반적으로 거짓으로 악평을 받는다 해도 본질적으로 그 진리로서의 가치가 손상되지는 않을 것이다.

다른 한편으로, 너무 짧은 시는 날카롭고 생생한 효과를 만들어 낼 수 있을지 모르나 결코 심오하고 지속적인 효과를 만들어내지 못한다. 일정 정도의 지속성 없이는, 즉 효과를 낳는 원인에 해당하는 것을 일정 정도 지속하고 반복하지 않으면 좀처럼 영혼을 감동시켜 그 효과를 느끼게 할 수가 없다. 자국이 남으려면 바위 위에 물이 일정 정도 떨어져야 하고 녹인 초에 도장을 찍으려면 일정 정도 지그시 누르는 힘이 필요하다. 베랑제가 신랄하고 정신을 자극하는 훌륭한 작품들을 썼지만 대부분은 어떤 힘을 지니기에는 너무 가벼워서 많은 환상의 깃털처럼 높이 날아가 사라져버렸다. 너무 분량이 짧아도 시는 사실상 경구로 전락하지만, 그러한 위험 때문에 극도로 긴 분량을 쓴다면 여전히 용서받을 수 없는 죄가 된다.[94]

그러나 내가 말한 그런 시의 형식 말고, 야심 찬 천재성의 요구

136

를 그다음으로 가장 잘 충족시키고 천재성의 목적에 가장 잘 봉사하는 그런 부류의 창작 영역을 내게 지정하라고 한다면, 즉 천재성을 발휘하기에 가장 좋은 분야이자 천재성을 가장 아름답게 드러낼 기회를 주는, 시 다음의 창작 영역을 지정하라고 한다면 나는 즉시 짧은 산문 이야기 형식을 말할 것이다. 역사나 철학이나 그런 종류의 주제들은 물론 논외로 하겠다. **물론** 나이 많은 학자들이야 뭐라고 말할지 모르지만 말이다. 지루한 팸플릿을 경멸하는 분별력 있는 이들이 재능 있는 글이라고 인정하는 글들이 그런 진지한 주제를 언제나 가장 명료하게 잘 다룰 수 있을 것이다. 일반적인 소설 형식의 경우 그 길이 때문에 반대할 만한데, 시에서 긴 길이를 반대하게 만드는 것과 유사한 이유 때문이다. 소설은 한 번 앉은 자리에서 다 읽을 수가 없기 때문에 **총체성**의 막대한 혜택을 활용할 수가 없다. 세상의 관심사들이 책을 읽다 멈출 때마다 끼어들어 그 소설이 의도한 인상을 변형하고 방해하고 무효화시킨다. 단순히 독서가 중단되는 것 자체만으로도 진정한 통일성은 무너지고도 남는다. 그러나 짧은 이야기에서는 작가의 전체 기획이 방해받지 않고 수행될 수가 있다. 이야기를 읽는 동안 독자의 영혼은 작가의 통제하에 놓일 수 있기 때문이다.

94   〈시의 원리〉에서도 비슷한 논의를 전개하고 있다.

솜씨 좋은 예술가가 하나의 이야기를 구축했다고 하자. 그는 사건들을 담아내려고 자기 생각에 형식을 부여한 것이 아니라, 특정한 단일 효과를 의도적으로 만들어낼 계획을 품고서 사건들을 창조해낸다. 그리고 그러한 사건들을 결합할 때에는 자신이 미리 염두에 둔 효과를 확립하는 데에 가장 잘 기여할 그러한 어조로 사건들을 다룬다. 만약 첫 문장이 이러한 효과를 불러일으키는 쪽으로 향하지 않는다면 그는 바로 첫 단계에서부터 큰 잘못을 저지르는 것이다. 전체적인 창작에서 직접적이건 간접적이건 하나의 미리 정해놓은 목적을 향하지 않는 단어가 단 하나라도 있어서는 안 된다. 그리고 그러한 수단과 보살핌과 기술에 의해 하나의 그림이 마침내 그려지면 그 그림은 유사한 예술적 감각을 갖고 그 작품을 감상하는 누군가의 정신에 남는다. 그 이야기의 관념, 그것의 주제는 방해받지 않았기에 흠 없이 제시된 것이다. 바로 이것이 이야기에서 절대적으로 요구되는 목표인데 소설에서는 전혀 이루어질 수가 없다.

솜씨 좋게 잘 짜인—나는 이야기의 짜임새 외의 다른 측면들은 고려하지 않고 말하는 것이고, 그 다른 측면들 중 몇몇은 이야기의 짜임새보다 더 중요하긴 하다—이야기들의 예를 미국에서는 찾아보기가 정말 어렵다. 대충 떠올려보자면, 심스 씨의 〈살인은 밝혀진다〉보다 더 나은 예를 알지 못하지만 그 작품에는 눈에 띄는 결점들이 있다. 어빙의 《여행자의 이야기들》은 우아하고 인상적인 이야기들이고 그중 특히 〈젊은 이탈리아인〉이 훌륭하지만 문제는 이 시리즈의 이야기 중 단 한 편도 통일성으로 찬사를 받을 만한 게 없고 많은 경우 흥미로운 요소들이 부분적인 채로 흩어져버려 그 결말은 불완전한 클라이맥스가 되고 만다는 데 있다. 창작에 요구되는 더 높은 차원의 필요조건을 고려해본다면 존 닐[95]이 잡지에 발표한 이야기들이 탁월하다. 나는 사고의 활력과 사건의 생생한 결합 등의 필요조건을 의미하는 것이다. 그러나 닐의 이야기들은 너무 두서없이 장황하고 어김없이 마지막에 가서 힘을 잃는다. 마치 작가가 거절할 수 없는 저녁 식사에 갑자기 초대받는 바람에 외출 전에 이야기를 마쳐야겠다고 생각하고 마무리를 한 것처럼 말이다. 내가 읽은 것 중 가장 행복하게 가장 효과가 잘 유지된 이야기들 중 하나는 콜튼 씨가 발행하는 《아메리카 리뷰》의 부편집자 찰스 W 웨버의 〈잭 롱 혹은 눈에 맞은 총알〉이다. 그러나 전체적으로 이야기를 구축하는 솜씨로 말하자면 윌리스[96]의 단편들을 능가할 미국의 작가는 없다고 생각한다. 물론 단 한 사람의 예외가 바로 호손이다.

95   19세기 미국의 작가이자 평론가.
96   포와 교류한 미국 작가이자 편집자인 너새니얼 윌리스.

호손의 개별 작품들에 대한 충분한 논의는 지금 준비 중인 책의 지면을 빌려 더 나은 기회에 하기로 하고 이제 그의 장점과 단점에 대한 요약으로 이 글을 서둘러 마무리 지어야겠다.

호손은 독특하다. 그러나 그의 세세한 환상과 초연한 생각들 빼고는 독창적이지 않다. 그 환상과 생각들조차도 호손의 전반적인 독창성 부족 때문에 대중의 눈에 영영 도달하지 못하기에 그 가치에 걸맞은 인정을 받지 못한다. 그는 알레고리를 무한히 편애하기에 그렇게 알레고리를 고수하는 한 대중적 인기를 기대할 수는 없다. 그는 알레고리를 계속 고집할 수는 없을 것이다. 왜냐하면 알레고리는 호손 자신의 전반적인 본성과 상충하기 때문이다. 그의 본성이 가장 활발히 드러날 때는 언제인가 하면, 그가 자신의 '굿맨 브라운'들과 '하얀 노처녀'들의 신비주의로부터 탈피하여 자신의 '웨이크필드'들과 '어린 애니의 산책'들이 보여주는 건실하고 온화하고 그러면서도 여전히 화창한 햇빛 속으로 들어갈 때이다.[97] '은유가 미쳐 날뛰는' 그의 정신에는 확실히 그가 그토록 오랫동안 숨막혀 발버둥 친 그 집단촌과 생활 공동체의 분위기가 또렷이 배어 있다. 그가 지닌 보편적 작가로서의 자원에 비한다면 배타적 작가

---

97   각각 호손의 단편 〈젊은 굿맨 브라운〉, 〈하얀 노처녀〉, 〈웨이크필드〉, 〈어린 애니의 산책〉을 환기시키고 있다.

로서의 자원은 그에겐 절반도 채 없는데 말이다. 호손은 순수한 스타일, 세련된 취향, 가장 유용한 학식, 가장 섬세한 유머, 가장 감동적인 비애, 가장 빛나는 상상력, 가장 완전한 창의력을 가지고 있다. 그리고 이렇게 다양한 좋은 자질들을 갖고서 그는 신비주의자로서 잘해냈다. 그러나 지금 말한 이 자질들 중 어느 하나라도, 그가 정직하고 곧고 분별 있고 분명히 포착할 수 있는 이해 가능한 것들을 추구하는 것을 가로막는 자질이 있는가? 그런 쪽으로 방향을 정하면 두 배로 더 잘해낼 수 있는데 말이다. 그가 펜을 고쳐 쓰게 하자. 눈에 보이는 잉크병을 쥐게 하자. 그리고 그 낡은 목사관으로부터 나와서, 알코트 씨[98]와는 절연하고, (가능하다면)《다이얼》의 편집자를 목매달고, 남아 있는《북아메리카 리뷰》들은 창밖으로 던져 돼지들에게 주게 하자.

---

98 19세기 미국의 초절주의 사상가. 초절주의자들의 잡지《다이얼》의 창간자 중 한 명이다.

꿈꾸는 자와 자각몽의 미학

—에드거 앨런 포의 시와 작법론

손나리(서울시립대학교 객원교수)

I

모호성의 역설

포 당대의 시인이자 비평가 제임스 러셀 로웰은 포 작품에서 "천재"의 "힘"을 인식하지 못할 사람은 없다고 하면서도 그 천재성의 내용이 "무엇인지"는 누구도 정확히 알 수 없다고 말한다. 또 다른 19세기 미국 낭만주의 시인 월트 휘트먼은 포의 시가 독자를 끌어당기는 "형언할 수 없는 자성"이 있지만 "전기 조명"처럼 "찬란하고 눈부실" 뿐 뜨거운 "열"이 없다고 말함으로써 형식미에 비해 주제의 깊이를 의심한다. 한편, 현대의 비평가 토머스 라이트는 포의 시가 모호하다는 것을 인정하면서도, 그 '모호성'이 시의 힘을 감소시키기보다는 오히려 강화시킨다고 평가한다. 포의 시에 대한 이러한 반응들은 의심, 비판 혹은 찬사라고 하는 의도의 차이와 상관없이 포의 시의 핵심적 특징들을 포착한다. 포의 시들은 흔히 주제와 의미를 쉽게 포착할 수 없는 특성을 지니면서도 생생한 이미지와 미묘한 암시성 그리고 음악적 소리와 리듬이 만들어내는 정서가 독자를 종종 최면적으로 끌어당겨, 콜리지의 용어를 빌리자면 "기꺼운 의심의 중지" 상태로 만들기 때문이다. 또한, 이러한 비평적 반응들은 포가 이론화한 미학적 개념들을 포의 시의 이해를 위해 적절히 환기할 수 있게 도와준다. 〈작법의 철학〉, 〈시의 원리〉, 〈이야기 쓰기—너새니얼 호손〉 등 포의 작법론 산문들은 한결같이 창작의 지향점으로 '진리'나 '교훈'이 아닌 '예술적 효과'를 강조하였고, 그 '효과'를 방해하지 않기 위해 시의 상징성이나 암시성은 전면에 나서지 않고 미묘한 "저류"로 흘러야 한다고 말한다. 그리고 〈B씨에게 보내는 편지〉에서 밝힌 포의 시론에 따르면 시적 정서는 "불명료한 즐거움"을 주는 것으로 정의된다. 그리고 무엇보다도 이러한 비평적 반응들은 포가 탐구한 주제들을 역설적이게도 오히려 드러내는 측면이 있다. 포가 다루려고 한 시적 주제의 한 핵심에는 우주와 자연과 인간 속의 아름답고도 어둡고 부조리한 영역, 특히 언어의 질서 안으로 명료히 포착되기 어려운 꿈과 환상을 오가는 비합리적인 영역에 대한 지속적인 천착이 있기 때문이다.

전기적 접근을 넘어 자의식적인 미학 읽기

포가 시, 단편, 비평의 영역을 아우르며 창작과 창작론 쓰기를 부단히 병행한 작가였음을 기억하는 것이 그의 시를 이해하는 데에 도움이 된다. 특히, 포의 경우 생애의 불운을 둘러싼 전설들이 문학적 신화를 이루다 보니 포의 시를 천재적인 광인 혹은 불행한 순수주의자의 우울한 내적 독백으로 읽는 평단과 대중의 무수한 전기적인 독해가 많았는데, 이러한 읽기는 포의 주제에 접근하는 길을 일정 정도 열어주면서도 포가 실험한 시들의 극적 성격과 아이러니 등을 충분히 포착하는 데에 방해가 된다. 그리고 이러한 전기적 접근이 포의 시 세계를 시인 자신의 현실 도피의 세계로 비판하는 비평들에도 일조해왔다. 사실 시인이라는 존재가 시적 영감에 고무되어 '격정'의 언어를 토로하는 존재가 아님을 선언한 것이 포 자신이다. 즉 포는 의도한 '효과'에 따라 치밀하게 시 세계를 구축하는 '자의식적인 창작자'라는 개념을 〈작법의 철학〉과 〈시의 원리〉 등에서 제시한, 시대를 앞서간 현대적인 시인이자 이론가라는 것을 기억할 때 그의 시는 전기적인 접근을 넘어 해석의 지평이 확장될 여지가 많다. 이러한 관점에서 포의 시들을 살펴보면 그의 시 세계는 꿈과 현실, 의식과 무의식, 낮과 밤, 아름다움과 두려움, 죽음과 삶, 열정과 광기 등의 경계 지대에서 끊임없이 재현이 무력해지는 모호한 인식을 탐색하고 있으며, 포는 그 모호한 경계 지대를 형상화할 수 있는 이른바 '자각몽'적이라 할 자의식적인 미학을 작동시켰음을 알 수 있다. 즉 그의 시는 슬픔, 우울, 고통, 강박, 두려움이 깃든 비극적인 아름다움을 탐색하면서 그것을 환상과 무의식과 죽음의 언저리까지 밀고 감으로써, '꿈'으로 통칭할 수 있을 '미지'와의 경계에 있는 모호한 영역을 형상화하는데, 그 형상화를 위하여 꿈꾸는 자와 그 꿈을 관찰하고 조종하는 자가 공존하는 일련의 미학적 과정을 수행하는 것으로 볼 수 있다. 이렇게 볼 때 포의 시들은 서정성에 한정되지 않는 시들이 많으며, 그 경계 지대의 혼돈과 모호함과 불안정함이 최면적인 음악성의 도움을 받으면서 종종 극적 성격으로 통어되는 시 세계로 드러난다.

꿈과 무의식의 탐구

의식과 무의식의 경계 지대에서 펼쳐지는 꿈의 드라마를 그려냄으로써 무의식을 탐색하는 대표적인 시는 〈꿈나라〉와 〈울랄름―발라드〉이다. 〈꿈나라〉는 우리의 꿈들이 그러하듯 시작을 알 수 없는 꿈의 서사 어느 중간에서 시작되고, 화자가 꿈에서 막 깨어나는 듯한 지점에서 끝이 난다. 꿈꾸는 자는 '공간과 시간을 벗어난 숭엄한' 곳, 즉 무의식의 회로를 따라 꿈속의 풍경에 도달한다. 그는 "나쁜 천사들에 사로잡혀" "어두침침하고 외로운 길을 따라" 헤매다 그곳에 도달하여, 현실에서는 "어떤 인간도 발견할 수 없는 모양"을 한 무의식의 풍경들을 본다. 산들은 "기슭도 없는 바닷속으로/ 끊임없이 쓰러져 들어가[고]" 바다는 "초조한 열망으로 파도를 굽이치며/ 불타는 하늘로 올라가[며]" 호수는 "쓸쓸하고 죽어 있는/ 고요한 물결을 끝없이 펼[친다]." 마치 컴퓨터 그래픽으로 형상화된 유동적 이미지를 보는 듯한 초현실의 세계가 생생하게 그려지고, 시작과 끝의 경계가 없는 듯한 풍경은 이 세계가 의식과 무의식의 경계가 느슨하게 허물어져 내리는 영역임을 환기한다. 화자는 여기서 "과거의 기억들"과 죽은 자들을 본다. "스쳐 지나며 놀래키고 한숨짓는/ 수의에 싸인 형체들"을 보면서 "간담 서늘해지고", "오래전 고통 속에 죽[은]" "친구들의 형상"을 본다. 상실의 상처는 무의식의 영역에서는 결코 지워지지 않고 되돌아와 마치 죽음 이후의 세계를 보는 듯한 환상으로 체험되는 것이다. 이 영역은 화자의 "어두운" 영혼에게 두려움과 함께 "위안을 주는 곳"이지만, 그곳의 진실은 오로지 "컴컴한 유리"를 통해서만 볼 수 있을 뿐 우리 "연약한 인간의 눈에는" 제대로 드러나지 않는 "신비"로 그려진다.

〈울랄름―발라드〉에서도 현실에 존재하지 않는 낯선 이름의 지명들로 묘사되는 또 다른 꿈의 풍경이 그려진다. 그 꿈의 풍경 안을 헤매는 화자가 부지불식간에 죽은 연인의 무덤에 다다르고 마는 플롯을 통해 무의식의 트라우마가 되돌아오는 드라마가 이 시에서는 한층 더 두드러진다. 영혼 프시케와 화자와의 대화가 등장하기에 〈꿈나라〉에 비해 다소 우화적인 측면은 있지만 그런 설정이 이 시의 낯설고 기이하고 초현실적인 분위기를 흩뜨리지는 않는다. 오히려 대화는 이 시에서 상실의 트라우마가 그것에 대한 자기 부정, 둔감, 혹은 인식의 지연이라는 형태로 무의식 속에 자리하면서 역설적으로 그 고통의 깊이를 드러내는 과정을 효과적으로 보여준다. 이 시의 주인공은 "심장"이 "용암처럼" "신음하며 흘러내리는" 시절에 프시케와 함께 "잿빛으로" "말라 시들어 있[는]" "악귀 출몰하는" "안개 낀" 호숫가의 숲에서 "사이프러스 우거진 길"을 따라 돌아다닌다. 시인은 죽음과 고통을 상징하는 이미지와 프시케와의 대화를 통해 어떤 고통스러운 진실이 이 '꿈꾸는 자'의 의식을 지배하고 있다는 여러 단서를 주지만, 정작 꿈속의 그는 자신이 처한 영혼의 곤경과 슬픔과 공허감에 무감각한 상태에서 어떤 신비로운 "빛"을 따라 꿈의 여행을 한다. 이 빛을 의심하는 프시케는 "고통스럽게 흐느[끼면서]" 불길한 예감을 말하지만 주인공 화자는 "꿈속에서나 할 소리"라고 일축한다. 즉 이 시는 "울랄름"의 죽음에 대한 슬픔이 그녀를 무의식의 무덤 깊숙이 묻어버린 듯한 망각의 형태로 부정되다가 결국 무덤의 발견이라는 대단원의 사건을 통해 그 끝나지 않은 슬픔에로 어김없이 되돌아오는 자의 의식을 꿈의 설정으로 다룬 것이다. 이 시의 신비로움은, 이 꿈을 관찰하고 기억하는 화자의 현재 의식이 괄호 속에 개입하면서도 꿈 안의 환상적인 배경과 사건 그리고 꿈 안에서의 기억이 생생하게 그려지는 데에서 생겨난다. 그럼으로써 꿈속의 기억은 현실의 기억의 변형으로 암시되고 꿈 안의 사건이 꿈 밖 현실을 암시하는 방식으로 진행된다. 즉 이 시는 꿈을 관찰하는 화자, 꿈속의 화자, 그 화자와 꿈 안에서 대화를 나누는 영혼 프시케를 등장시킴으로써 마치 꿈꾸는 자의 세계를 구조적으로 옮긴 듯한 설정 안에서 무의식의 드라마를 펼치는 것이다. 화자와 프시케를 죽은 연인의 무덤이 상징하는 고통스러운 진실로 인도한 "빛"이 "연옥"의 선한 빛이었는지 "지옥"의 빛이었는지 그 선악의 경계가 모호한 불확실성 속에서 이 꿈의 드라마는 끝이 난다.

꿈이라고 하는 주제는 〈꿈속의 꿈〉, 〈꿈들〉, 〈꿈〉 등 포의 많은 시에서 중요한 모티브가 되며 의식과 무의식에 대한, 혹은 그 경계를 넘나드는 듯한 시적 상상력에 대한 탐구의 성격을 지닌다. 그래서 〈꿈들〉에서 포는 "삶을 생생하게 채색"하는 꿈은 "덧없고 그림자같이 몽롱한/ 환상과 현실의 경계를 오가는 투쟁과도 같[다]"고 말하고, "꿈이라는 이 주제를 나는 사랑하노라"라고 선언한다.

극적 성격과 아이러니

꿈의 드라마를 그려낸 시들도 초현실적인 공간을 배경으로 일종의 심리적 시간을 내러티브화한 형태이지만, 포의 시에는 특히 극적 성격이 강한 '이야기' 시들이 많다. 우선 유년기의 장시 〈테멀레인〉은 신부에게 마지막 고해를 하는 몽골의 왕의 극적 독백으로 되어 있어, 독자는 이러한 이야기의 설정 안에서 나오는 화자의 목소리, 즉 사랑보다 야망을 택한 왕의 회상과 회한을 듣게 된다. 또다른 유년기의 서사시 〈알 아라프〉는 비록 서사가 뚜렷하지 않은 채 정서의 흐름을 유려하게 포착한 시로 이해되기도 하지만, 느슨한 형태로나마 이야기의 배경과 구조와 등장인물이 있다. 천국과 지옥의 중간에 있는 별인 알 아라프가 무대이고 그곳의 지배자인 네사시 천사, 침묵의 형태로 네사시와 소통하는 하느님, 알 아라프의 꽃들과 요정들과 천사들, 특히 그 별에 사는 안젤로와 이안테라는 한 쌍의 연인이 등장인물이다. 신의 메시지를 전하러 네사시의 별이 잠시 지구 가까이 오는 사건이 암시되고, 안젤로와 이안테는 사랑하는 이와의 대화 속에 행복한 시간을 갖지만 천국의 구원은 얻지는 못하고 "'존재'가 아닌 것이 되는 잠"과도 같은, "그 어떤 불멸도 없[는]" "종말"로 "추락"한다.

그런데 이렇게 극적 독백 혹은 서사시적 성격이 강한 시들이 아니어도 포의 시들은 서정적 자아의 노래라기보다 극적 상황을 제시하는 시들이 많다. 〈르노어〉는 죽은 연인 르노어의 장례 의식을 거부하는 연인 기 드 베르와 장례식을 주관하는 연장자의 목소리가 교차하는 극적 대화의 형식이다. 그럼으로써 한편으로는 장례식에 참석한 이들의 물질주의적 속물성과 형식적인 장례의 관습에 분노하는 기 드 베르의 말에 독자가 귀를 기울이게 하면서도, 다른 한편으로는 정신의 균형을 잃은 듯한 이 연인의 목소리가 극화됨을 느끼게 한다. 즉 시인은 슬픔 속에 "정신도 못 차리[는]" 연인의 "횡설수설"을 통하여 극적 상황을 제시함으로써, 죽은 연인을 위해 비가가 아니라 "찬가"를 부르겠다고 하는 화자의 논리에 극적 아이러니가 동반되게 하는 것이다. 이러한 포의 설정은 이 시의 초기 시 형태인 〈찬가〉에서도 발견할 수 있다. 〈찬가〉는 대화의 설정이 없는 서정적인 애도가로 보일 수 있으나, "죽은 자에 대한 사랑에 취해 있노라"라고 말하는 이 시의 화자는 죽은 여인의 "화려하고 긴 관을 두드리[는]" 실성한 화자이기에, 애도가를 부르기를 거부하고 죽은 자를 위한 "환희"의 찬가를 부르겠다고 하는 화자의 선언은 그 표면적인 논리에도 불구하고 역설적으로 상실의 고통과 그 비극성을 드러낸다.

포의 가장 유명한 시 〈까마귀〉는 두말할 나위도 없이 극적 내러티브를 지닌 이야기 시이다. 소리와 리듬의 힘에 이끌려 이 이야기 속으로 빠져든 독자는 어쩌면 이 우울하고도 기괴한 이야기를 말하는 화자를 시인과 동일시하고 싶을지도 모른다. 그러나 포는 이 이야기의 등장인물이 아니라 이 시의 무대 뒤에서 모든 "소도구"들을 활용하여 공연을 지휘하고 있는 "무대 매니저"(《작법의 철학》)이다. 그는 제임스 조이스가 《젊은 예술가의 초상》에서 말한 "보이지 않는 신"처럼 자리를 잡고 이 이야기를 진행시키고 있으며, 혹은 T. S. 엘리엇의 몰개성 이론이 말한 "촉매"로서의 예술가처럼 "상상력"의 "화학적 결합"(《상상력에 대하여》)을 진행시키고 있다. 시인은 독자의 정서에 직접 호소하는 듯한 음악적이고 최면적인 "효과"를 구축함과 동시에, "호화로운 슬픔"에 "자기 고문에 가까[울 정도로]" "광적으로 탐닉하[는]"(《작법의 철학》) 모종의 '광기'의 극적 화자를 창조하고 있는 것이다.

이와 같이 포의 시를 읽으면서 이 시인이 수많은 짧은 '이야기'들의 창작자이기도 하다는 것을 새삼 떠올리게 되는 경우가 많다. 극적 성격이 두드러지지 않는 서정적 화자들도 겉보기보다는 극화된 인물의 성격을 지니는 경우가 많다. 다시 말해서 포는 자신의 화자들과 아이러니를 지닌 거리를 두고 그들을 창조하는 것이다. 〈애너벨 리〉조차도 예외는 아니다. 〈애너벨 리〉는 흔히 시인이 죽은 아내 혹은 그가 사랑한 여인에 대한 회상과 애도를 담은 자전적 시로 읽거나, '젊은 사랑'의 영원함을 노래한 서정시로 읽는다. 그러나 동화적인 리듬과 이미지로 사랑의 순수함을 노래하는 서정적인 표면에도 불구하고, 이 시의 마지막에서 "밤새 물결이 치는" 파도 소리를 들으며 "바닷가 그녀의 바위 무덤 안에" 누워 있는 화자의 이미지는 슬픔과 광기의 경계에서 생겨나는 비극미를 전해주는 적잖이 충격적인 대단원이다. 즉 이 동화적인 분위기의 노래에서 포는 애너벨 리라는 여성에 대한 아름다운 기억과 사랑을 그리기보다, 슬픔이라는 무덤에 '갇힌' 어두운 내면 의식의 시간을 그린 것이다. 실제로 애너벨 리가 이 시에서 살과 피가 있는 여성으로 그려지지 않는 것도 '부재'를 다루는 주제를 강화하는 측면과 함께 이 마지막 비극적 대단원에서 노출되는 화자의 '강박'적인 특징을 예견케 하는 면이 있다.

결혼식을 주제로 한 〈노래〉나 〈결혼식 발라드〉 역시 이른바 삼각관계의 배경을 암시하는 이야기 안의 한 장면을 담아내는 성격이 강하고, 특히 〈노래〉의 경우는 극적 아이러니를 느끼게 할 소지가 많다. 〈노래〉는 〈결혼식 발라드〉와 마찬가지로 불안한 신부의 모습을 그린다고 볼 수 있지만, 다른 한편으로는 신부의 볼에 드러나는 "홍조"에서 행복감을 읽기를 애써 거부하는 화자의 목소리를 극화한 것으로 볼 수도 있기 때문이다. 즉 이 시에서 신부의 홍조를 불행의 징조로 볼 증거는 화자의 질투와 상실감 외에는 어디에도 없기 때문이다.

이와 같이 극적 성격과 아이러니를 통해 서정적 자아의 목소리에서 아이러니를 읽어낼 수 있는 시들은 매우 많다. 이것은 슬픔으로 정신이 황폐해진 의식, 즉 이른바 영혼의 어두운 영역을 포가 탐색한 것과 무관하지 않으며, 그 안에서 모종의 미학적인 아름다움을 시로 구축하려고 한 그의 시론과도 일맥상통하는 면이 있다. 포에게 삶과 우주는, 〈정복자 벌레〉에서 그려진 것처럼, "부조리"하고, 인간이 추구하는 이상의 "환영"은 결코 잡을 수가 없어 우리는 번번이 똑같은 상실의 자리에 되놓인다. 그리고 "〈인간〉이라는 제목의 비극"의 플롯에는 무수한 "광기"와 "죄"와 "공포" 그리고 "죽음"이 있다. 포에게 시란 "천상의 아름다움"을 향한 "갈망"(〈시의 원리〉)이지만 그 아름다움은 상실과 광기와 어두움을 동반하는 비극적인 아름다움일 경우가 많은 것이다. 이를 염두에 두고 그의 시를 살펴보면 서정적인 듯한 화자는 종종 의도적으로 구축된 '인물'일 경우가 많은 것이다.

성장시들과 숭엄한 자연

한편, 포의 시들에는 시적 화자의 과거의 기억 속에 있는 자연의 아름다움과 숭엄함을 노래한 시들이 여러 편 있다. 이 시들은 극적인 성격보다 서정성이 더 강하면서도 '젊은 예술가의 초상'이라 할 예술적 자아의 성장의 이야기를 담아낸다. 이 시들에서 독자는 포의 시를 추동하는 힘의 한 축에 어둡고 매혹적인 자연의 숭엄함과 신비가 있음을 알 수 있다. 그리고 이 시들에서 그려지는 자연 이미지들은 포가 〈시의 원리〉 말미에서 시인에게 "시적인 정서"를 불러일으키는 것들로 열거한 자연의 이미지들과 상응한다.

〈홀로〉의 화자는 자신이 성장하면서 "홀로" 사랑한 자연의 "신비"를 이야기하고 그것들이 현재의 삶의 정신적 뿌리를 이루고 있음을 이야기한다. 그것들은 다름 아닌 강의 "급물살" "샘물" "산의 붉은 절벽" "황금빛으로 물든 가을/ 내 주변을 돌던 태양" "나를 스쳐 날아가던/ 하늘의 번개" "천둥과 폭풍우" "악마의 모습을 한/ 구름" 등 지금도 "여전히 나를 감싸는 신비"로 그려진다. 여기서 화자가 기억해내는 자연은 아름다움과 두려움을 동시에 주는 숭엄하고 신비로운 자연이다. 초기 시 〈호수〉의 화자도 젊은 날 사랑했던 장소인 고독하고 신비로운 호수를 이야기한다. 그 '고립된 호수'의 아름다움은 "두려움"을 동반하고, 그 호수의 "물결의 심연에 무덤"과 "독성"이 있었지만, 그럼에도 그 자연은 "희열"을 주는 영역이며 쓸쓸하고 고독한 영혼에게는 "에덴"의 아름다움이었다고 말한다.

또 다른 성장시 〈연들〉의 경우 포가 자신의 시론에서 말한 "시적인 정서"를 자연 속에서 탐색하는 듯한 사유가 보이는 시이다. 이 시에도 "대지와 은밀히 교감을 나누는" 인물이 회상 속에 등장한다. 그는 "햇빛 속에서 그리고 아름다움 속에서 대지와 교감"하였으며 "태양과 별에서 점화된" "삶의 횃불"로 "뜨겁게 타오르는" 자였다. 그는 "천체들로부터/ 정열의 빛을, 그의 정신에 그토록 딱 맞는 빛을 이끌어내었[다]." 이 인물은 곧 화자 자신이며, 이 시의 화자는 그 "뜨거운 열기의 시절" "자신을 지배한" 열정이 도대체 무엇인지를 묻는다. 그러나 그것이 '달빛의 조화'일지 혹은 어떤 '마술'과도 같은 것일지 그는 쉬 규정하지 못한다. 그러나 그것은 적어도 우리가 "사랑하는 대상을 향해 눈을 크게 뜨는 것처럼" 인식의 지평을 열어주고, "무감각 속으로" 잠들었던 눈에 "눈물이 흐르기 시작"하도록 일깨우는 무엇이다. "매시간 우리 앞에 놓여 있는 흔한 것"이면서도 어떤 특정한 순간에 우리의 잠든 의식을 "깨우려고 애쓰는 그 무엇"인 것이다. 이것은 포가 〈시의 원리〉에서 말한 "시적인 정서"에 다름 아니다. 이 시의 화자는 그것을 "다른 세계에 존재하는 것들의 상징 [혹은] 증표"를 "신이 미美의 형태로 주시는 것"이라고 이해하고 또 이를 "스스로의 깊은 감정"으로 "'신앙'이라기보다 어떤 신성과 투쟁해온" 정신이 얻을 수 있는 아름다움이라고 정의 내린다. 즉 포의 시와 시학에서 숭엄한 자연의 아름다움에 감응하며 느끼는 "다른 세계"는 종교와는 또 다른 '신성'인 것이다.

삶과 죽음의 경계 지대

꿈과 무의식의 세계를 탐구하며 현실과 환상이 교차하는 세계를 그려내는 포의 시들은 종종 삶과 죽음이 서로 넘나드는 세계를 그려내기도 한다. 예를 들어 〈애니를 위한 시〉는 마치 자기 자신의 육체를 임종하는 듯한 의식 상태가 전개된다. 이 시는 "마침내"

"고비"를 넘겨 "열"이 가라앉고 회복기로 접어든 환자의 목소리처럼 시작되지만, 화자의 의식 안에서 삶과 죽음, 열병과 회복의 가치는 전도되어 화자의 역설의 논리는 삶과 죽음의 경계 지대의 긴장을 낳는다. 화자가 "마침내" 극복한 병은 다름 아닌 "'살아가기'라고 불리는 그 열병"이었고, 이 병으로부터의 회복은 곧 삶을 향한 "갈증"과 욕망이 "가라앉[은]" 상태를 의미하는 역설로 화자의 의식은 점철되기 때문이다. 즉 그는 고통이 잠재워진 평화와 고요를 이야기하지만 그가 잠재운 것은 실은 '삶'이다. 특히, 자신을 보살펴 준 애니의 "천국 같은" 품에서 "깊은 잠으로 빠져"드는 대목, 그래서, "빛이 꺼지[고]", 애니가 화자를 위해 "천사들에게 기도"한다고 말하는 대목에서부터는 화자의 목소리가 '어쩌면 갓 죽은' 육체와 분리된 영혼의 목소리처럼 들린다.

〈죽은 자의 영혼들〉에서는 안개 낀 언덕의 풍경 안에 갓 죽은 자의 영혼이 목도하게 될 죽음 후의 풍경이 중첩되는 것을 보는 명상의 목소리가 등장한다. 화자는 미풍 속에 "신의 숨결"을 느끼고, 자욱한 안개 속에 삶의 영역을 넘어선 다른 세계의 "상징"과 "증표"를 보고 그 경계 지대에서 "죽은 자들의 영혼"을 보는 듯하다. 초기시 〈바닷속 도시〉도 죽음에 대한 명상을 담아낸 시로, 포의 상상력은 수장된 도시의 초현실적인 풍경으로 죽음과 지옥을 그려낸다. 이 죽음의 도시는 장엄하면서도 숨 막히도록 정적이고 우울한 모습으로 바닷속에 잠겨 있다가, 그 바다의 심연으로 가라앉으면서 수천 개의 "지옥"의 왕좌로부터 경배를 받는다.

헌정시들 외

이외에 포의 시들에는 제목이 '~에게'의 형식을 띤 여러 헌정시들이 있다. 그들 중 어떤 것은 문학적인 목적보다 우정의 목적이 앞선 작품들이고 또 숨은 이름 찾기의 위트를 부린 수수께끼 시들(《엘리자베스》, 〈밸런타인 연가〉, 〈수수께끼〉)도 있다. 그런데 포의 헌정시들은 대부분 여성에게 바친 것이고 많은 경우 이 시적 대상으로서의 여성은 포가 추구하는 '미'의 상징이 되거나, 존경과 숭배의 대상, 혹은 더 나아가 신과 같은 신앙의 대상이 된다. 그렇기 때문에 〈애너벨 리〉에서와 마찬가지로 포의 시에서 여성들의 이미지는 구체적이지도 현실적이지도 않다. 아마도 포의 시에서 여성의 이미지가 뼈와 살이 있는 듯한 살아 있는 모습으로 그려지는 것은 〈잠자는 이〉의 마지막에 등장하는 소녀의 이미지뿐일 것이다. 이 시에는 납골묘의 문에 "장난스레 수없이 돌을 던져대[며]" 그 소리의 메아리가 "죽은 자들이 문 안에서 내는 신음이라고 오싹해[하는]" 호기심 많은 어린 소녀의 생기 있는 이미지가 등장하여 죽어 "잠든" 현재의 그녀와 효과적으로 대비를 이루는데, 다른 시들에서는 찾아보기 힘든 이미지이다. 즉 포의 대부분의 시들, 특히 헌정시들에서 여성들은 미와 덕이라고 하는 이상을 상징하거나, 신의 영역에 가까운 성스러운 존재들로 그려진다. 이런 시들에서는 아이러니와 극적 성격은 잘 보이지 않으며 포의 목소리와 화자의 목소리 사이의 거리는 매우 가까워 보인다. 그중 마리 루이스 슈에게 헌정된 두 편의 시 〈M. L. S에게〉와 〈――에게〉는 포가 〈시의 원리〉에서 밝힌 '아름다움'이라는 이상 혹은 '영혼의 고양'이라는 미학적인 추구가 모종의 인간성의 숭고화라는 이상과 맞닿아 있음을 짐작할 수 있게 한다.

〈M. L. S에게〉에서는 포의 시에 빈번히 등장하는 부재와 상실의 드라마, 그리고 역설과 아이러니는 잘 보이지 않는다. 병든 아내와 포 자신을 돌보아준 루이스 슈에 대한 감사의 마음을 담은 이 시에서 포는 그녀를 지극한 숭배의 대상이자 성스러운 존재로 그린다. 이 시의 화자는 "슬피 울며 매시간마다 [그녀를] 축복함으로써 삶의 희망을 구하[고]" 그녀를 통하여 "진실, 가치, 인간성에 대한/ 깊이 파묻혀버린 믿음의 소생을 구[한다]." 그녀가 마치 천지를 창조한 신처럼 "빛이 있으라!"라고 외치면 그 뜻이 "그대로 이루어져" "절망에 빠져 신앙 없는 침상에서 죽어가[던]" 사람들이 마치 나사로처럼 "벌떡 일어[난다]." 그녀의 시선은 "천사같이 거룩하[며]," 그녀는 은혜 입은 자들의 "감사의 마음이 거의/ 숭배에 가까워[진]" 존재이다. 〈낙원에 있는 이에게〉와 후기 시 〈헬렌에게〉 등 포의 다른 많은 애도시에서 여성은 상실된 '천상의 아름다움'을 상징하는 경우가 많고 또 그러한 세계에 대한 채워질 수 없는 갈망을 환기하는 절대적인 '부재'의 상징으로 종종 등장한다면, 이 시 〈M. L. S.에게〉의 여성은 추구해야 할 어떤 고결한 인간성의 상징으로 그려지는 것이다. 포는 그녀에게 "이 보잘것없는 시를" 바친다고 말함으로써 화자와 자신과의 거리를 좁히고, 그럼으로써 그가 추구하는 미적 이상에 숭고한 인간성에 대한 추구가 배어 있으리라는 것을 감지하게 한다. 물론 살아 있는 여성을 신격화하는 논리가 오늘날의 관점에서 포가 의도하지 않았을 수 있는 아이러니를 낳는 면은 배제하지 않더라도 말이다.

마리 루이스에게 바친 또 한 편의 시 〈――에게〉는 헌정시로서의 성격과 별개로, 언어와 논리로 포괄할 수 없는 세계를 담아내려고 한 포의 미학적 노력과 관련된 사유를 엿볼 수 있는 시이기도 하다. 화자는 "말의 힘" 안에 담길 수 없는 "생각이 아닌 것 같은 생각들―생각의 혼들" 즉 천상의 음악으로도 표현하기 어려운 "더 풍부하고,/ 더 격렬하고, 더 성스러운 환상들"을 이야기한다. 그것은 "손에서 펜이 힘없이 떨어지[게 하는]" 언어를 넘어선 영역이다. 화자는 그 세계는 그저 '꿈의 문지방', 즉 현실과 꿈의 경계에서 바라보는 풍경으로 시각화할 수 있을 뿐이라고 말한다.

마지막으로, 포 시의 음악성으로 특히 기억되는 시 중 〈종들〉을 언급할 수 있겠다. 의성어와 리듬의 힘 그리고 종소리가 울려 퍼지는 듯한 시행의 모양을 활용하여, 여러 다른 음색의 종들이 울려 대는 소리와 그 소리가 불러일으키는 여러 다른 정서를 담아내려고 한 시이다. 어린 시절의 해맑은 즐거움과도 같은 썰매의 은종 소리, 결혼의 축복을 알리는 금종, 위험을 알리는 경종, 죽음을 알리는 조종의 순으로 종소리를 인생의 여러 국면과 연결시켰다. 이런 시는 극적 성격을 지닌 이야기 시들이나 자연을 묘사한 시들 그리고 여러 헌정시들과는 성격이 다르지만, 금속이 만들어내는 물리적인 '소리'에 대한 감응을 통해 인생의 드라마를 음악적으로 그리고 상징적으로 그려낸 한 시도라고 할 수 있다.

II

포의 작법론 에세이들은 그 자체로 시 창작과 단편 창작의 이론을 시대를 앞서 제시한 의의가 있을 뿐 아니라, 포의 많은 시들의 내러티브로서의 성격, 상징성, 아이러니, 주제, 그리고 궁극적으로 포의 시 창작의 핵심적 충동 등을 이해하는 데에 도움을 준다. 그의 시들은 자신의 시학적 방법론의 실천이기도 하고, 또 그의 시론의 개념이 서정적 상징성 혹은 회화적 이미지의 외양을 띠고 시의 주제로 다루어지기도 하기 때문이다. 포는 시 쓰기뿐 아니라 모든 글쓰기에서 그 방법론에 매우 자의식적인 작가였음을 염두에 두면서, 포의 대표적인 작법론 산문들을 간단히 정리해보자.

〈작법의 철학〉

가장 유명한 산문인 〈작법의 철학〉에서 포는 자신의 시 〈까마귀〉의 예시를 들어 시 창작 과정을 단계별로 보여주는 방식으로 자신의 시 이론을 개진한다. 모든 허구 창작은 독창성을 추구하되, 플롯의 맨 마지막 대단원을 정하고 시작되어야 한다고 포는 전제한다. 사건의 얼개를 먼저 구성하는 것이 아니라 하나의 "효과"를 먼저 확정한 후에, 그 효과를 가장 잘 드러내는 방식으로 사건, 배경, 주제, 소리 등의 디테일을 구성해야 한다. 시의 분량은 지나치게 짧아서도 안 되지만 효과의 통일성을 확보하기 위해서 "한 번 앉은자리에서 다 읽을 수 있는" 분량을 넘어서면 안 된다. 시가 추구하는 예술적 효과는 "영혼을 고양시키는" "깊은 흥분"인데 이것은 장시에서는 지속될 수 없기 때문이다. 포에 따르면 장시는 엄밀히 말해 "짧은 시적 효과"들이 단속적으로 이어진 것일 뿐이다. 또한 "영혼의 고양"은 "아름다움"에 대한 숙고를 통해 가장 잘 이루어지기에 시는 "아름다움"을 구현해야 한다. 그리고 아름다움을 최고로 구현하는 어조는 슬픔 혹은 "우울함"이고, 지상에서 "가장 우울한 주제"는 죽음이기에, 죽음이 아름다움과 결합한 주제 즉 "아름다운 여인의 죽음"이 "이 세상에서 가장 시적인 주제"라는 결론에 이른다. 이리하여 포는 자신이 구상한 시적 효과가 최대로 구현된 대단원을 구상한 지점에서 〈까마귀〉의 창작에 착수한다.

포는 〈까마귀〉의 화자를 "슬픔"에 대한 "자기 고문에 가까운 탐닉이 극한에 이[른]" 화자로 냉철하게 규정한다. 즉 이 시의 화자의 정서는 관객이 공감할 수도 거리 두기를 할 수도 있는 극적 세팅 안에서 전개되는 것이다. 포는 마지막에서 "결코 끝나지 않는 구슬픈 애도"라고 하는 까마귀의 상징성이 이야기의 "저류"로 흐르도록 시를 마무리하였음을 또한 말한다. 이러한 치밀하게 자의식적인 창작 과정의 제시는 창작 이론으로서의 의의와 함께, 포의 시들을 서정성에 국한하여 읽지 않고 극적 성격에서 생기는 역설과 아이러니, 그리고 모호한 형태로 의미의 저류를 형성하는 주제 등에 보다 기민하게 접근하도록 이끄는 참조점이 된다.

〈시의 원리〉

가장 포괄적으로 '시란 무엇인가'를 제시한 산문이 〈시의 원리〉이다. 포는 시를 넓은 의미에서 "천상의 미를 향한 인간의 갈망"으로 규정하고, 시인의 사명은 그저 삶 속의 다양한 형상, 소리, 향기, 정취를 충실히 묘사해내는 것을 넘어 "영원성과 관련이 될 듯한 아름다움의 한몫"이라도 얻으려고 "분투"하는 것이라고 말한다. "영혼을 고양시키는 흥분" 속에서 경험되는 시적 정서는 음악에서 가장 잘 성취되며, 언어에 한정된 시의 의미는 음악적인 "리듬이 실린 아름다움의 창조"라고 말한다. 이때 시가 추구하는 아름다움은 진리와는 다른 것으로 "교훈주의"는 시의 "이단"으로 배격해야 하고 "시 자체를 위해서 쓴 시"만이 가장 온전하고 품위 있고 숭고한 시라고 포는 주장한다. 또한 〈작법의 철학〉에서 제시한 시의 분량에 관한 이론은 다시 한 번 강조된다. 즉 시는 부적절하게 너무 짧아서도 안 되지만, 시적 흥분은 일시적이므로 시는 한 번 앉은자리에서 다 읽을 수 있는 분량이어야 한다. 이 산문의 마지막에서 포는 "시인의 내면에 시적 효과를 불러일으키는 소박한 것들"의 예를 제시하는데, 자연 속의 수많은 신비롭고 숭엄한 이미지들, 인간의 내면에서 일어나는 고결한 생각과 느낌들, 그리고 사랑하는 이가 주는 감동의 이미지들이 열거된다.

포가 〈시의 원리〉에서 제시한 시의 정의와 시인의 사명에 대한 규정은 포 시의 여러 이미지들이 무엇을 의미하는지를 이해하는 데 도움을 준다. 이를테면 〈요정의 나라〉에서, 달빛 비치는 밤의 신비 속에서 "하늘을 추구하다가 결국 [땅으로] 내려오면서" 겨우 "달 원자의 한 표본"을 "떨리는 날개"에 싣고 오는 "지상의 나비"가 그려진다. 이것은 〈시의 원리〉에서 제시된 "시"의 정의 즉 천상의 아름다움을 향한 갈망, 혹은 영원의 어느 한 조각이라도 얻으려 하는 "별을 향한 나방의 갈망"을 주제화한 것에 다름 아니다. 또한 그가 시적인 효과를 불러일으키는 아름다움의 예로서 제시한 자연의 이미지들은 포의 여러 시들에 등장하는 숭엄한 자연의 모습과 맥이 닿는다.

〈B씨에게 보내는 편지〉

〈B씨에게 보내는 편지〉는 포가 "형이상학적 시인들"이라고 명명한 당대 낭만주의 시인들에 대한 비판으로, 워즈워스의 이른바 "교훈주의"에 대한 공격이 주를 이룬다. 포는 우리 삶의 모든 영역의 목적은 행복이고, 교훈은 행복의 수단에 불과하다고 단언한다. 그렇기에 마치 그 수단이 궁극적인 목적인 양 독자를 "설득"하려고 하는 문학에 반대한다. 포는 시의 목적이 진리가 아니라 "행복" 즉 "즐거움"이고, 시는 모종의 "불명확한" 즐거움을 추구한다고 말한다. 이러한 시론은 포 시의 모호함의 요소들을 이해하는 데에 단서를 주는 면이 있다. 즉 의미의 또렷함이 전면에 나서는 것은 시가 아닌 것이다. 이러한 관점은 〈영혼의 베일〉과 〈이야기 쓰기―너새니얼 호손〉에서도 드러난다.

〈영혼의 베일〉

포의 짧은 방주[99] 〈영혼의 베일〉에서 포는 예술을 "오감이 자연 안에서 영혼의 베일을 통하여 지각한 것의 재현"이라고 정의한다. 그는 그러한 "베일"을 걸치지 않은 "적나라한 오감"은 "지나치게 적게 보[거나]" "지나치게 많이 본다"고 하면서 사실적 재현과 거리를 둔다. 이러한 예술관을 포의 시 읽기에 적용하면 포는 시적 제재를 "영혼의 베일", 즉 상상력의 "베일"이라고 하는 역설적인 렌즈를 통해 다룬다고 말할 수 있다. 더 흐리게 보거나 더 많이 보거나 다르게 보는 이 렌즈로 언어와 논리를 넘어서는, 베일에 가린 듯한 불명료한 영역까지 풍요롭게 포괄하는 예술적 작업을 추구하였다고 볼 수 있기 때문이다. 이 베일은 우리가 '무로 인지하는 부재와 침묵 혹은 쉬 언어화되지 않아 '부재하는 듯한' 영역을 '존재'로서 인식할 수 있게 하는 렌즈이다. 그런 의미에서 이 방주는 포의 시의 모호성의 특징, 즉 현실과 환상의 경계를 넘나드는 시적 세계의 특징이 하나의 효과이자 동시에 시가 적극적으로 다룬 미학적인

---

99 포는 자신의 단편적인 글들을 몇 차례 모아서 여러 잡지에 발표하였는데 이러한 글들을 방주Marginalia라고 부른다. 개개의 글에는 원래는 별도의 제목은 없고 학자들이 분류하여 붙인 번호가 있는데, 이 책에 소개된 산문 중 〈영혼의 베일〉은 방주 8번이고 〈상상력에 대하여〉는 방주 220번에 해당한다. 이 제목들은 데이비드 갤러웨이David Galloway가 임의로 붙인 제목을 따른 것이다.

제재이고 주제임을 이해할 수 있도록 참조점이 된다.

〈이야기 쓰기―너새니얼 호손〉

〈이야기 쓰기―너새니얼 호손〉은 호손에 대한 평문으로서의 의의도 있지만 단편 쓰기라는 장르의 이론을 정초한 글로 평가받는다. 시적인 독창성보다는 한 단계 낮은, 그러나 여전히 수준 높은 독창성이 발휘될 수 있는 장르가 바로 한 번 앉은자리에서 다 읽을 수 있는 길이의 짧은 이야기 쓰기라고 포는 제안한다. 길이의 제한은 효과의 통일성을 위한 것이고 일반적인 소설의 길이는 이러한 효과의 통일성을 확보할 수가 없다. 이야기를 쓸 때 작가는 "특정한 단일 효과"를 만들어낼 목적을 확립한 후 그에 맞게 사건과 어조를 만들어내어야 하고, "미리 정해놓은 목적을 향하지 않는 단어가 단 하나라도 있어서는 안 된다"는 것이다. 그렇기에 포는, 가장 중요한 요소인 "효과"를 방해하는 알레고리를 호손이 과용한 것이 그의 수많은 우수성에도 불구하고 결정적인 흠이 된다고 보았다. 허구의 이야기에서 암시성은 상층의 표면을 방해하지 않는 "심오한 저류"로 흘러야 하는 법인데, 알레고리는 그 저류에 머무르지 않고 전면에 나섬으로써 허구의 이야기가 "실제로 있을 법하다"는 느낌 혹은 "효과"에 치명적인 손상을 입힌다는 것이다.

〈비평가들과 비평에 대하여〉

〈비평가들과 비평에 대하여〉는 시론도 단편론도 아닌 비평 쓰기에 대한 글로, 포가 장르를 불문하고 글쓰기의 구체적인 방법론에 얼마나 세세하게 주의를 기울이는지를 단적으로 알 수 있는 예이다. 포는 비평이 칭찬 일색의 "송덕문"이 되어서는 안 되고, 오히려 작품의 결점을 지적함으로써 그 작품이 문학 전반의 가치에 기여하려면 어떻게 개선될 수 있는지를 보여주어야 한다고 말한다. 그는 당대 영국 최고의 비평가 매콜리의 비평의 우수성을 이야기하면서도, 완벽하다고 평가받은 매콜리 비평문의 일부를 인용하여 결점들을 지적하고 자신의 개작본을 제시한다. 그는 단어 선택, 단어의 위치, 문장의 구조의 균형, 간결하지 못한 군더더기, 어색한 수동태, 그리고 영어적 어원을 지닌 단어를 놔두고 라틴어 어원의 단어를 선택한 것 등 매콜리 글의 흠을 꼼꼼히 지적한다. 또한 대영제국의 문화적 식민지라는 미국 문학의 상황이 비평의 공정함을 흐려, 영국 문인의 우수성을 과장하고 미국 문인들을 부당하게 평가한다고 지적하면서, 미국 비평가가 극찬한 영국 시인 엘리자베스 배럿 브라우닝의 시 일부에서 나타난 결함을 이미지의 부자연스러움을 중심으로 지적하고 자신의 개작본을 제시한다.

〈상상력에 대하여〉

또 다른 방주 〈상상력에 대하여〉에서 포는 "상상력의 영역은 무한대"이며 "심지어 추함으로부터도 상상력은 자신의 유일한 목적이자 필수불가결한 시금석인 아름다움을 만들어낸다"고 말한다. 상상력에 의해 재료가 "완전한 화학적 결합"처럼 이루어져 새로운 무엇이 조화롭게 창조되었을 때, 그것은 너무도 "당연한" 듯한 보편성을 일시에 지닐 수 있음을 또한 말한다. 상상력의 재료에 미추의 구분이 없음을 표명한 것은 포의 시와 단편이 아름답고 숭엄하고 신비로운 것은 물론 기괴하고 섬뜩한 소재들을 아우르는 것을 설명해준다.

III

포에 대한 이해와 평가는 현재형이다. 특히 포의 시 세계는 서두의 평자들이 말한 것처럼 여전히 명확히 규정하기 어려운 것이 사실이다. 그러나 영화, 소설, 뮤지컬, 음악 등 대중문화 속에 끊임없이 영감을 주는 그의 위상이 시사해주듯이, 포가 오늘날 현대 과학 물질문명의 빛과 그림자 속에 방황하고 의문을 제기하는 우리의 현대성과 현재성에 호소하는 힘을 지닌 것은 분명하다. 유한한 인간이면서도 '영원의 한 조각'이라도 얻으려 하고, 지상의 존재이면서도 천상의 '이스라펠'의 음악을 들으려고 하고, 상실과 박탈과 '부재'의 심연에서 자기 내면과 우주에 대한 '미지'의 앎을 얻으려 필사적으로 애쓰는 것이 포의 시 세계이다. 과학과 물질은 물론 의무와 규율보다 '아름다움'을 더 높은 차원의 가치로 꿈꾸고 추구함으로써 인간의 '영혼을 고양'하려는 욕구가 포 시 세계의 한 핵심적인 충동을 이룬다. 이러한 포의 시 세계에는 논리와 언어로 명확히 규정하기 어려운 의식과 무의식, 환상과 현실, 삶과 죽음의 경계 지대의 모호함과 역설과 긴장이 있다. 포는 그러한 경계 지대를 다루기 위해 '꿈꾸는 자'와 '꿈을 관찰하고 창조하는 자'가 공존하는, 어쩌면 '자각몽'이라 이름 붙일 수 있을 미학적 세계를 자의식으로 창조한다. 그리하여 그는 회화적이고 음악적인 서정적 형식과 함께 극적 형식을 함께 구사하여 자신의 제재와의 거리를 유지하면서, 인간성의 보다 숭고하고 아름다운—그가 "천상"이라고 부른—차원을 향한 영혼의 갈증을 깨닫게 하는 시적 정서를 구축한다. 즉 그는 자신이 "영혼의 베일"이라고 부른 상상력의 렌즈, 즉 흐리고 가리고 변형함으로써 '더 많이' 보는 미학적 렌즈로 미추와 빛과 어둠을 아우르며 존재의 비극적 아름다움을 허구로 구축한다. 그리고 그럼으로써 그는 물질과 과학이 종교적 신성을 대체해 온 근대 이후의 세계에서, 인간성을 고결하게 만드는 미학적 '신성'

을 자연과 우주와 인간 내면 속에서 끊임없이 질문하고 추구하고
창조하는 것이다.

1809 1월 19일 미국 보스턴에서 순회극단 배우 엘
리자베스 아놀드 홉킨스 포와 데이비드 포
주니어 사이에서 태어남. 형제자매로는 형
헨리 레너드 포와 여동생 로절리 포가 있음.

1810 데이비드 포가 가정을 버리고 떠남.

1811 엘리자베스 포가 폐결핵으로 사망하고 데이
비드 포도 얼마 안 가서 사망. 포와 형, 누이
는 각각 흩어지고, 포는 버지니아 주 리치먼
드의 부유한 상인 존과 프랜시스 앨런이 데
려감. 법적으로 입양된 적은 없지만 이름은
에드거 앨런 포로 바뀜.

1815 존 앨런이 자신의 사업체 '앨런앤드엘리스'의
영국 지부를 내면서 가족이 영국으로 이주.
처음에는 스코틀랜드에서, 후에는 런던에서
학교를 다님. 런던 근교 스토크 뉴잉턴에서
다닌 존 브랜스비 목사의 '매너Manor하우스

학교'는 훗날 〈윌리엄 윌슨〉에 등장하는 기숙
학교의 모델이 됨.

1820 존의 사업이 성공하지 못하면서 리치먼드로
돌아옴.

1825 존 앨런의 숙부 윌리엄 갈트가 사망하면서
막대한 유산을 남김.

1826 2월 버지니아 대학에 입학하여 고대어와 현
대어를 공부했지만 도박에 빠져 빚을 지면서
양부와 관계가 소원해짐. 존 앨런이 빚을 갚
아주기를 거부하면서 12월 학교를 그만두고
리치먼드로 돌아옴. 대학에서 첫사랑 세라
엘마이라 로이스터에게 보낸 편지들을 엘마
이라의 부모가 중간에서 가로챈 바람에 다
른 사람과 약혼했다는 것을 알게 됨.

《테멀레인 외 다른 시들》 1827 4월 양부와의 불화로 보스턴으로 감. 실명을
밝히지 않고 '보스턴 사람'이라고만 써서 첫
시집《테멀레인 외 다른 시들》을 내지만 거의
주목받지 못함. 5월 '에드거 A. 페리'라는 가
명으로 나이를 속이고 육군에 입대. 〈황금 벌
레〉의 배경인 설리번 섬에서도 잠시 복무함.

1828 원사 계급까지 승진.

《알 아라프, 테멀레인 외 다른 1829 2월 양모 프랜시스 앨런 사망. 존이 프랜시
시들》 스의 상태를 알려주지 않은 탓에 포는 장례
가 끝난 후에야 무덤을 찾지만 양모의 죽음
을 계기로 잠시 존과 화해함. 존이 군에서 전
역해 웨스트포인트 육군사관학교에 들어가

고 싶다는 포를 도와주기로 약속. 4월 군에서 전역. 하지만 존 앨런과의 화해는 오래가지 않았고 포는 5월 볼티모어로 가서 할머니와 형 헨리, 고모 마리아 클렘과 사촌여동생 버지니아와 함께 지내게 됨. 《알 아라프, 테멀레인 외 다른 시들》 출간.

1830 5월 웨스트포인트 육군사관학교 입학. 10월 존 앨런 재혼. 존과 크게 다투고 파양당함.

《시들》 **1831** 1월 군대 생활이 맞지 않다고 일부러 명령에 불복종하고 퇴학당함. 사관학교의 관행과 인물들을 겨냥한 익살스러운 시를 낼 것이라는 기대를 하며 웨스트포인트 동기들이 모아준 돈으로 "미국 사관생도들"에게 헌사를 쓴 《시들》 출간. 3월 볼티모어로 가서 친가 식구들과 함께 생활. 단편 집필 작업을 시작. 8월 형 헨리 사망.

1832 필라델피아의 《새터데이 쿠리어》 공모전에 단편을 냈지만 입상하지는 못함. 〈메첸거슈타인〉, 〈예루살렘 이야기〉, 〈오믈렛 공작〉, 〈봉봉〉, 〈호흡 상실〉 다섯 편의 단편이 처음으로 《새터데이 쿠리어》에 익명으로 실림. 공모전에 제출된 작품을 자사 것으로 여기는 관행에 따라 포에게 동의를 얻거나 고료를 지불한 것은 아니라고 추측됨.

1833 10월 〈병 속의 수기〉가 《볼티모어 새터데이 비지터》 공모전에서 입상. 포의 작품을 마음에 들어한 심사위원 중 하나인 존 P. 케네디의 소개로 훗날 리치먼드의 토머스 화이트

가 창간한 새 잡지《서던 리터러리 메신저》
에서 일하게 됨.

1834 3월 존 앨런이 포에게 유산을 전혀 남기지
      않고 사망.

1835 케네디의 소개로 리치먼드로 가서《서던 리
      터러리 메신저》의 편집자로 일하기 시작. 10
      월 고모 마리아 클렘과 사촌 버지니아가 리
      치먼드로 와서 함께 거주.

1836 5월 13세인 사촌 버지니아 클렘과 결혼.

1837 1월 음주 문제와 화이트와의 의견 차로《서
      던 리터러리 메신저》를 그만두고 가족들과
      함께 뉴욕으로 가지만 편집자 일을 구하지
      못함. 마리아 클렘이 하숙집을 운영해 가족
      의 생계를 꾸림.

《낸터킷의 아서 고든 핌 이야기》 1838 가족과 함께 볼티모어로 감. 7월《낸터킷의
      아서 고든 핌 이야기》출간. 볼티모어의《아
      메리칸 뮤지엄》에 〈라이지아〉, 〈블랙우드식
      글쓰기〉, 〈곤경〉을 발표.

《기괴하고 기이한 이야기들》 1839 필라델피아의《버턴스 젠틀맨스 매거진》의
      편집자가 되고 〈윌리엄 윌슨〉, 〈어셔가의 몰
      락〉 등을 발표. 12월 25편의 단편을 모은《기
      괴하고 기이한 이야기들》출간.

1840 버턴에게서 해고당함. 필라델피아의《새터데
      이 이브닝 포스트》광고란에 자신의 문예지
      《펜》(후에《스타일러스》로 제목을 바꿈)을

창간하겠다는 계획을 발표하고 여러 가지 노력을 하지만 이 계획은 끝내 실현하지 못함. 〈군중 속의 남자〉 발표.

1841 버턴의 잡지사를 사들여 《그레이엄스 매거진》을 창간했던 그레이엄이 1월 포를 편집자로 앉힘. 4월 호에 〈모르그 가의 살인〉, 〈소용돌이 속으로의 하강〉 발표.

1842 3월 존 타일러 대통령 행정부에서 공직을 얻어보려고 워싱턴 디시에 갔으나 술에 취하는 바람에 기회를 날림. 이 시기에도 창작 활동은 계속하여 〈마리 로제 수수께끼〉, 〈구덩이와 추〉, 〈적사병의 가면극〉 등 단편들을 잡지들에 발표. 1월 버지니아가 처음으로 폐결핵 증세를 보이고 이후 계속 병에 시달림. 포는 절망으로 폭음에 빠져들고 5월 《그레이엄스 매거진》을 그만둠.

1843 〈고자쟁이 심장〉, 〈황금 벌레〉, 〈검은 고양이〉 등 단편들을 《파이오니어》를 위시한 잡지들에 발표.

1844 가족과 함께 뉴욕으로 가서 도시 외곽의 포덤에 정착. 10월 《뉴욕 이브닝 미러》에서 일자리를 구함. 〈도둑맞은 편지〉, 〈타르 박사와 페더 교수 요법〉, 〈생매장〉 발표.

《이야기들》 **1845** 1월 《이브닝 미러》에서 발표한 〈까마귀〉가 화
《까마귀 외 다른 시들》 제가 되면서 명성을 얻음. 〈까마귀〉를 어떻게 썼는지 설명한 에세이 〈작법의 철학〉을 발표. 2월 《브로드웨이 저널》의 편집자가 되고, 이

잡지에 많은 시와 단편을 발표. 7월《이야기들》출간. 10월《브로드웨이 저널》의 소유권을 얻음. 11월 시집《까마귀 외 다른 시들》출간. 롱펠로가 표절을 했다는 고발로 논쟁에 휘말림. 버지니아의 병세가 악화됨. 시인 프랜시스 S. 오스굿과 염문에 휩싸임.

1846 1월 우울증과 재정난으로《브로드웨이 저널》을 폐간.《고디스 레이디스 북》11월 호에 〈아몬티야도 술통〉 발표. 프랑스어 번역판 〈검은 고양이〉를 읽은 보들레르가 포의 작품에 매료되어 훗날 포의 작품들을 번역하면서 프랑스에서 굉장한 인기를 누리게 됨.

1847 1월 버지니아가 24세의 나이에 폐결핵으로 사망. 점점 정신적으로 불안정해짐.

《유레카》 **1848** 금주 서약을 하고 프로비던스의 시인 세라 헬렌 휘트먼과 약혼하지만 한 달 만에 서약을 깬 데다, 이 시기 리치먼드에서 애니 리치먼드에게도 구애했다는 것이 휘트먼의 귀에 들어가면서 약혼이 취소됨. 6월《유레카》출간.

1849 2월 〈절름발이 개구리〉 발표. 4월 〈폰 켐펠렌과 그의 발견〉 발표. 폭음과 망상으로 나날이 건강이 피폐해져감. 리치먼드에서 9월 17일과 24일 〈시의 원리〉로 두 번의 강연을 함. 어린 시절 첫사랑이자 지금은 부유한 미망인이 된 세라 엘마이라 로이스터를 다시 만나 약혼하고 잠시 포덤의 집으로 돌아갔다가 결혼하기로 약속. 9월 28일 리치먼드를 떠났다가 10월 3일 볼티모어 길거리에서 인사

불성 상태로 발견된 후 의식을 회복하지 못하고 10월 7일 사망함. 어떻게 그곳에서 발견되었으며 사인이 무엇인지에 대해서는 논란이 분분함. 10월 9일 조촐한 장례식과 함께 웨스트민스터홀 묘지에 묻혔다가 1875년 새로 이장되면서 기념비가 세워짐. 시 〈종들〉과 〈애너벨 리〉가 사후에 발표됨.

옮긴이 손나리

서울대학교 영어교육과를 졸업하고 동대학 인문대학원에서 영문학을 전공했다. 〈눈 속의 거울 조각: 실비아 플라스의 "여왑"의 시학〉으로 박사학위를 받았다. 서울시립대학교 글로벌외국어교육센터 객원교수로 재직하며 영어 글쓰기를 가르치고 있고, 성균관대학교와 한국외국어대학교 등에서 영미 시를 강의하고 있다.

에드거 앨런 포 전집 5 | 작법 에세이

글쓰기의 철학

초판 1쇄 발행일 2018년 11월 23일
초판 3쇄 발행일 2023년 2월 24일

지은이 에드거 앨런 포
옮긴이 손나리

발행인 윤호권
사업총괄 정유한

편집 황경하 **디자인** 김지연 **마케팅** 윤아림
발행처 ㈜시공사 **주소** 서울시 성동구 상원1길 22, 6-8층(우편번호 04779)
대표전화 02-3486-6877 **팩스(주문)** 02-585-1755
홈페이지 www.sigongsa.com / www.sigongjunior.com

ISBN 978-89-527-9490-1 04840
ISBN 978-89-527-9485-7 (세트)

*시공사는 시공간을 넘는 무한한 콘텐츠 세상을 만듭니다.
*시공사는 더 나은 내일을 함께 만들 여러분의 소중한 의견을 기다립니다.
*잘못 만들어진 책은 구입하신 곳에서 바꾸어 드립니다.

에드거 앨런 포 전집 1 _ **추리·공포 단편선**

모르그 가의 살인 | 권진아 옮김

추리소설의 기틀을 완벽하게 마련한 세 편의 뒤팽 시리즈 〈모르그 가의 살인〉 〈마리 로제 수수께끼〉 〈도둑맞은 편지〉와, 인간 내면의 불안과 광기를 탐구함으로써 공포물의 차원을 높인 〈검은 고양이〉 〈어셔가의 몰락〉 〈윌리엄 윌슨〉 등 27편의 추리·공포소설 전편 수록

에드거 앨런 포 전집 2 _ **풍자·유머 단편선**

타르 박사와 페더 교수 요법 | 권진아 옮김

급격한 시대 변화에 뒤틀려가는 인간성을 코믹하게 풍자한 〈작가 싱엄 밥 씨의 일생〉 〈기묘천사〉 〈사기〉와, 미국 역사의 폭력성을 신랄하게 희화화한 〈아무것도 남지 않은 남자〉, 허를 찌르는 전복이 놀라운 〈타르 박사와 페더 교수 요법〉 등 25편의 풍자·유머소설 전편 수록

에드거 앨런 포 전집 3 _ **환상·비행 단편선**

한스 팔의 전대미문의 모험 | 권진아 옮김

공상과학소설의 창시라고 일컬어지는 기상천외한 달나라 모험기 〈한스 팔의 전대미문의 모험〉, 꿈속에서나 볼 법한 환상적인 자연경관을 담은 〈아른하임 영지〉, 죽음과 사후 세계, 무의식을 넘나드는 〈모노스와 우나의 대담〉 등 14편의 환상·비행소설 전편 수록